KB059501

뒤뜰에
골칫거리가
산다

뒤뜰에 골칫거리가 산다

황선미 지음

사□계절

아버지께, 너무 늦은 선물을 드립니다

❖

당신의 딸

모든 게

기울어진 의자에서

시작되었다

　나에게 글 쓰는 일은 일상이다. 별나게 굴 필요가 없는 특별한
일 아니다……라고 말하곤 했다. 누가 묻든 그런 대답밖에 할 수
없었다. 진짜 그래왔으니까. 그런데 이번에는 상황이 좀 달랐다.
　오스트리아의 빈에서 이 작품을 썼다. 한 달도 안 걸려서. 매
달릴 게 이뿐이었고, 작업 자체가 특별하고 유일한 즐거움이었
으니 여태까지와는 다른 별난 경험이었고, 창작하는 나 자신을
섬세하게 느끼는가 하면 점검하는 시간이기도 했다.
　시간을 쪼개어 살던 사람에게 한꺼번에 주어진 넉 달의 휴식
시간은 감당 못할 어려움이었다. 처음 시작하는 아이처럼 모든

게 궁금했으나 호기심도 잠깐, 쉬는 방법조차 모르는 이 바보에게 빈은 화려한 유배지였고 관광객이 모래알처럼 몰려들었다 흩어질 뿐인 0℃ 거리. 친구도 없고 말도 통하지 않는 낯선 곳에서 나를 지킬 수 있는 방법이라고는 단 하나, 작품에 집중하는 것뿐이었다. 나는 아침마다 숲으로 산책을 나갔고, 저녁마다 음악소리를 찾아다녔고, 낮에는 방에 틀어박혀서 문자의 조합으로 탄생하는 이미지의 매력에 빠졌다. 제주 유배지에서 자신만의 서체를 완성한 김정희가 떠오르기도 했고, 외로움이 커질수록 아프고 질긴 줄이 내 중심으로 깊게 내려가는 걸 느껴야만 했다.

아마 나에게는 바닥을 알 수 없는 우물이 있는 모양이다. 거기에는 차마 끊어 내지 못한 두레박줄이 여전히 드리워져 있고 거기 어디쯤엔가 걸려 있던 풍경 하나를 건져 올린 건 목까지 차올라 삼켜지지 않던 외로움이 아니었을까. 커다란 나무 아래서 빈 의자를 보고 발이 묶여 버린 그날, 왜 하필 아버지의 집에 남아 있던 기울어진 의자가 떠올랐는지.

오랜만에 들른 아버지의 뜰에는 서릿발이 꼿꼿했다. 주인이 영영 떠나 버렸어도 빈집에는 숱한 이야기를 담고 있는 물건들이 겹겹이 남아 발길이 쉽게 떨어지지 않았다. 문짝 아귀마저 뒤틀려 버린 창고는 아버지와 함께 시간이 멎어 버렸고 먼지를 덮어쓰고도 여전히 건재한 대나무 빗자루, 빈 술병, 석유곤로,

자전거 바퀴, 연장 서랍의 온갖 나사들, 철제 책상, 낡은 가방, 용접면, 페인트 벗겨진 산소통. 내 아버지가 어떤 사람이었는지 말해주는 풍경이었다.

그리고 의자가 있었다.

추위가 채 가시지 않은 마당에 덩그러니 남아 기적 같은 햇살을 걸치고 있던 아버지 의자. 용접하다 쉬면서, 혹시라도 자식이 대문으로 들어서지 않나 기다리면서, 딸에게 줄 채소를 다듬으며 엉덩이를 걸쳤던 의자. 마치 환영처럼 아버지가 거기에 앉는 게 보였다. 더는 지치지 않고 남루하지 않은 모습이 가볍고 아이 같아서 나도 모르게 마음이 놓였다. 비로소 휴식을 찾은 아버지가 말하는 것 같았다.

"자, 이제부터 놀자!"

그 의자는 우리가 공부하도록 아버지가 마련해 준 책상 의자였고, 우리 다섯 남매의 엉덩이를 다 견뎌 준 뒤에는 아버지의 자리가 되어 주었다. 끝내 의자는 잃었어도 의자가 나에게 있었음을 어떻게 잊을까.

그날 그 시간에 감사하며.

2014년 2월 여드레 황선미

차례

버찌고개
악 동 들

그건 거의 동시에, 그러니까 한꺼번에 일어난 일이었다. 상훈이가 보기 좋게 축구공을 걷어차고, 마을버스가 모퉁이를 돌아서 나타나고, 장 영감이 자기 가게에서 막 나오고, 강 노인이 버찌고개의 마지막 계단을 올라온 것이다.

퍽!

끼익!

"흐억!"

"저런!"

잠시 세상이 정지된 것 같았다. 영화 장면이 멈춘 것처럼.

그사이 움직인 건 축구공뿐이었다. 버스에 부딪히고 튕겨

나간 축구공이 가게 간판을 치고 떨어져 팽그르르 돌았다.

세상은 곧 깨어났고 아까보다 더 빨리 돌아가고 더 시끄러워졌다.

"도망쳐!"

"아이고, 유리가……."

"요놈의 자식들!"

두두두두.

강 노인은 계단 난간을 꼭 붙잡고 비켜섰다. 안 그래도 깔딱고개를 올라오느라 다리가 후들거렸는데 아이들이 폭풍처럼 달려왔기 때문이다. 계단을 뛰어 내려가는 아이들 발소리가 말발굽 소리 같았다.

다행히 버스 유리는 말짱했고 놀란 승객도 없었다. 버찌고개가 종점이라 남은 손님이라고는 여자애 하나뿐이었는데, 차에서 내린 소녀는 별일 아니라는 듯 머리카락을 찰랑거리며 가게로 들어갔다.

"다녀왔습니다!"

얼굴 뻘게진 장 영감에게 인사까지 하고.

간판도 크게 부서지지 않았다. 그런데도 장 영감은 두 아이의 뒷덜미를 단단히 틀어쥐고 으르렁거렸다.

"요놈들! 어른 말씀을 콧구멍으로 듣냐? 여기서 놀지 말라고 했냐, 안 했냐! 간판을 아작 냈으니 어쩔 겨!"

"아우, 씨! 이거 놔요. 공 찰 데가 여기뿐인데 어떡하라구요. 간판은 진작부터 깨져 있었잖아요!"

"요 말본새 봐라. 잘못했습니다, 해도 모자랄 판에 뭐가 어째?"

"아, 어제 트럭이 그랬다는 거 다 알거든요. 그때 부서진 값도 다 받아냈으면서……."

"그래도 요놈이 나불나불……."

장 영감이 아이들 뒷덜미를 놓고는 주위를 두리번거렸다. 두들겨 팰 막대기라도 찾는 것처럼. 하지만 누가 봐도 그건 약이 올라서 어쩔 줄 모르는 모양새였다.

사실 장 영감이 유난을 떠는 까닭은 버스 운전사에게 있다고 봐야 한다. 여기를 공짜로 이용하는 건 그렇다 쳐도 하루에 몇 번씩이나 들르면서 알량한 껌 한 통 안 팔아 주는 깍쟁이. 잘 닦아 놓은 평상에 엉덩이나 디밀고, 뭐라도 먹고 있으면 슬그머니 집어 먹고, 어떤 때는 버스에서 나온 쓰레기까지 버리면서. 그런데 마침 구실이 생긴 것이다.

장 영감이 찾아낸 건 축구공이었다.

13

"요, 버르장머리 없는 녀석. 할머니가 그렇게 가르쳤냐?"

"지금 여기서 우리 할머니가 무슨 상관인데요오!"

"오냐, 그래. 너도 맛 좀 봐라."

장 영감이 눈을 부릅뜨더니 축구공을 냅다 걷어찼다.

놀랍게도 공은 꽤 멀리 힘차게 날아갔다. 납작 엎드린 것 같은 가건물들을 넘고, 엉킨 실타래처럼 우거진 개나리 덤불을 넘어서. 그리고 빽빽하게 자란 쥐똥나무 울타리를 넘어가 버렸다. 멋대로 자라서 어른 키보다 크고 야산으로 길게 이어진 100번지 거인의 집 울타리였다.

"아우, 축구공!"

두 아이가 동시에 발을 굴렀다. 그러나 장 영감은 성이 덜 풀렸는지 두 아이를 무릎까지 꿇리고야 말았다.

두 손 들고서 꿇어앉은 채 상훈이는 장 영감을 노려보았고, 피엘은 찡그린 채 축구공이 넘어가 버린 울타리를 바라보았다.

버스 운전사가 가게 옆 자판기에서 커피를 뽑아 평상에 앉으며 빙긋 웃었다.

"욘석들아. 얼른 죄송합니다아, 했으면 공은 안 뺏겼잖아."

상훈이가 이번에는 버스 운전사를 쏘아보았다.

"아저씨 책임도 좀 있어요. 버스가 하필 그때 나타날 게 뭐야……."

"아쭈, 요 녀석 맹랑하네. 하핫! 악동 기질이 아주 다분해. 어른한테 따박따박 말대꾸에, 저 눈초리. 뗙! 어린애가 그러면 못써."

"어른들은 다 저래. 바른말만 하면 말대꾸한대."

"뭐야? 하! 요즘 학교에서는 애들한테 뭘 가르치는 거야? 에라, 잇! 공 뺏겨도 싸다, 싸!"

버스 운전사가 종이컵을 꽉 움켜쥐고 일어나면서 소리 질렀다.

피엘이 중얼거렸다.

"공 뺏긴 거 아니거든요."

"호오, 넌 외국 애가 한국말도 잘하네."

"저, 한국 애거든요."

이번에는 피엘이 버스 운전사를 쏘아보았다. 가무잡잡한 피엘을 보며 버스 운전사가 무슨 생각을 했는지는 알 수 없다.

버스 운전사가 헛기침을 하고 종이컵을 쓰레기통에 던지자 장 영감이 볼멘소리를 했다.

"쓰레기는 공짜로 치우는 줄 아나. 이 난리 책임이 아예 없는 것도 아닌데 말야, 겨우 자판기 커피가 뭐야. 음료수 한 박스는 팔아 줘야지……."

버스 운전사는 못 들은 척 버스에 올랐다. 그리고 다른 때
보다 더 요란하게 종점을 떠나 버렸다. 지독한 버스 방귀만
남기고.

"에잇! 재수가 없으려니. 퉤퉤!"

장 영감이 울근불근하거나 말거나 마을버스는 모퉁이를
돌아 사라졌다.

말이 종점이지 여기는 그저 버찌마을 버찌고개의 공터일
뿐이다. 이 언덕배기 마을에서 유일하게 반듯하고 넓은 곳.
마을버스는 여기서 잠시 쉬었다가 다시 출발하고, 장 영감은
물건을 쌓아 놓거나 평상을 놓고 자기 마당처럼 이용했다.

다섯 이상 모여서 노는 아이들에게도 여기만 한 데가 없었
다. 그러니 이런 소란이 방귀처럼 어쩔 수 없이 생겨나는 거
다. 지금처럼 한꺼번에 부딪치는 일은 거의 없지만.

이 모든 걸 지켜보다 강 노인은 천천히 다가와 가방을 평
상에 놓았다. 그리고 엉덩이를 붙이고 땀을 닦았다.

"뭐, 시원한 거라도 드실라우?"

장 영감이 낯선 노인의 행색을 살피며 물었다. 강 노인은
대답 대신 장 영감을 빤히 바라보았고 한참 후에야 고개를

끄덕였다.

장 영감은 재빨리 냉장고에서 고깔 모양의 아이스크림 하나를 꺼내다 주었다. 그러느라 강 노인 얼굴에 피식 웃음이 지나가는 걸 보지 못했다.

가운데가 찌그러진 아이스크림처럼 강 노인의 표정도 금방 찌그러졌다. 강 노인을 불쾌하게 만든 건 찌그러진 모양보다 공장에서 찍은 제조 날짜였다. 오늘로부터 1년하고도 9개월 전에 만든 거였다.

장 영감이 바로 눈치를 채고 너스레를 떨었다.

"얼린 것들은 상할 일 없으니 걱정 마슈. 찌그러진 건 아이스크림끼리 눌려서 그런 거고. 이런 고급이 소비가 안 되는 동네다 보니 뭐⋯⋯."

강 노인이 마지못해 돈을 건네주었다.

"아이구, 빳빳한 새 돈이구먼. 나 그렇게 비양심적인 사람 아니우. 원래 이천 원 받아야 하지만 오백 원 깎아 주리다."

선심이라도 쓰듯 장 영감이 동전까지 얹어서 거스름돈을 내주었으나 강 노인은 동전을 돌려주었다. 장 영감은 동전을 돈 통에 던지고 헤벌쭉 웃으며 강 노인에게 다가앉았다. 동전이 돈 통에 맞고 떨어진 줄도 모르고.

동전은 눈 깜짝할 사이에 무릎 꿇고 앉은 아이들 쪽으로 굴러갔고, 그걸 상훈이가 냉큼 챙기는 걸 본 사람은 강 노인이었다. 강 노인과 상훈이의 눈이 잠깐 마주쳤다. 상훈이가 먼저 시치미를 떼고 고개를 돌렸다.

"여기까지 걸어서 올라온 게유? 마을버스 다니는 거 모르셨나? 뭐, 아직 도가니가 튼튼한 모양이네."

저급한 표현에 강 노인 눈썹이 꿈틀했다.

눈치 빠른 장 영감은 얼른 말을 돌렸다.

"아, 계단이 자그마치 천팔백칠십칠 개요, 으흐흐. 내 말은, 빙빙 돌아도 버스가 낫다는 거지, 뭐."

장 영감이 살갑게 웃으며 강 노인을 요리조리 뜯어보았다. 그러나 강 노인은 모자를 벗고 손수건으로 땀을 닦고는 다시 모자를 썼을 뿐이다.

"그나저나 이 동네 사시는 양반은 아닌 거 같고, 여기가 뭘 구경할 만한 데도 아니고, 누구네 찾아오셨나? 내가 이 동네 유지라오. 어느 집 밥숟가락이 몇 개인지도 다 안다고 할 수 있지."

강 노인이 다시 장 영감을 보았다. 마치 뭔가 알아내려는 듯한 깊은 눈초리다.

솔직히 장 영감은 자기를 그렇게 보는 이 낯선 자가 마음에 안 들었다. 하지만 장사꾼이 손님을 가릴 수야 없는 법이다.

"동네 유지라……."

강 노인이 한숨처럼 중얼거렸다.

"그렇다마다! 이 버찌마을을 떠나지 않고 오늘날까지 터줏대감으로 사는 사람이 나 말고 또 있는 줄 아슈? 이런 번듯한 가게까지 운영하면서 말야. 그래, 누구네를 찾아오셨소?"

"그런 거 아니오."

강 노인의 말투에는 위엄이 있었다. 그 한마디에도 장 영감은 이 낯선 노인이 자기와 다른 사람이라는 걸 느끼고 머쓱해졌다. 한편으로는 밸이 꼴렸다. 여기는 자기가 큰소리깨나 치는 곳이고 더구나 동네 개구쟁이들 앞이 아닌가.

"흐흠! 그럼 땅값이라도 알아보러 오셨나. 주변은 죄다 아파트로 바뀌었는데 여기만 옛날 그대로니 노림수가 있어 보이기는 하지. 하지만 잘못 짚었수다. 여긴 벌써 미래건설이 싹 사들였으니. 머지않아 여기도 아파트 천지가 될 테지. 우리를 죄다 밀어낼 수 있다면 말야."

강 노인이 또 장 영감을 빤히 보았다. 그러나 그뿐이었다. 장 영감은 자기 말주변이 상대방의 호기심을 불러일으켰다고 생각해서 흥이 났다.

"저기, 저 현수막 보여요? 연립 주택에 붙인 거. '시민 생존권 보장하라! 날도둑질 반성하라!' 바로 내 작품이라오. 그럴듯하지 않소? 으흐흐."

그동안 상훈이와 피엘은 슬금슬금 일어나 게처럼 도망쳤다. 다리가 저려 절뚝거리면서.

"그럼 혹시, 살려고 오셨나?"

궁금한 걸 기어이 알아내려는 듯 장 영감의 눈이 반짝였다. 그는 이 동네 일만큼은 누구보다 먼저, 누구보다 많이 알아야 체면이 선다고 믿는 사람이었다. 그러나 강 노인은 엉덩이 먼지를 털듯이 한 마디 툭 내뱉고 일어났다.

"그렇소."

"호오! 방이 필요하시겠군. 주민들이 떠나기만 해서 빈방 많아요. 야, 창식아!"

장 영감이 소리를 버럭 질렀다. 그러자 가게 옆 부동산에서 얼굴이 창백한 남자가 나왔다. 왠지 좀 멍해 보이는 사람이었다. 뭔가 중요한 게 빠져나간 듯한 표정이 마치 어린애 같기도 했다.

게처럼 도망치던 상훈이가 우뚝 서 버렸다. 그리고 부루퉁

20

한 얼굴로 이쪽을 쏘아보며 주먹을 그러쥐는데, 아직 어린
게 억울한 태도랄까.

강 노인은 상훈이와 부동산에서 나온 남자를 번갈아 보며
꽤 닮았다고 생각했다. 만약 아버지라면 왜 한 번도 바깥을
내다보지 않았을까. 꽤나 소란스러웠고 유리 문짝에 방음 장
치가 돼 있을 리 없건만.

"지금은 좀 저래도 똑똑한 사람이오. 살 만한 방도 여럿 보
여 줄 거고, 임대차 계약 같은 거 빈틈없이 처리해 줄 거요."

이제 장 영감은 창식이라는 남자에게 이러쿵저러쿵 떠들
어 대기 시작했다. 강 노인에 대해서 잘 아는 것처럼. 그야말
로 혼자서 북 치고 장구 치고 다 하는 거였다.

"깨끗한 집 보여 드릴게요."

표정만큼이나 순한 말투로 남자가 말했다.

강 노인은 간단히 대답했다.

"필요 없소."

그러고는 뚜벅뚜벅 걸어서 가게를 떠났다.

장 영감은 몹시 언짢았다. 뭔가 크게 손해를 본 기분. 불청
객의 구둣발에 자존심이 꾹꾹 밟히는 것처럼 약이 올랐다.
뜯지도 않은 아이스크림을 놓아두고 가서 더 부아가 났다.

"여기가 어딘 줄 알고, 저 돼먹지 못한 영감탱이가……."

"아저씨, 저 노인이 방 구해 달라고 했어요?"

"응?"

"빈방 찾았느냐구요."

장 영감은 두어 번 눈을 끔뻑이고는 고개를 저었다. 남자는 조용히 다시 부동산으로 돌아갔고, 장 영감은 코를 벌름거리며 강 노인의 뒤통수를 노려보다가 감자를 먹였다. 그리고 녹아 버린 아이스크림을 냉장고에 처박았다.

강 노인이 뚜벅뚜벅 걸어오는 동안 상훈이와 피엘은 개나리 덤불 속으로 기어들어 가 쥐똥나무 틈바구니를 들여다보았다. 울타리는 때늦은 눈이라도 내린 듯 새하얗고 짙은 향기를 풍기고 있었다.

"아이 씨, 살짝 넘어갔는데 왜 안 보여."

"상훈아, 잠깐. 누가 와."

그냥 지나갈 줄 알았던 강 노인이 걸음을 멈추자 두 아이도 개나리 덤불 속에서 기어 나왔다. 어쨌거나 여기는 함부로 들어가면 안 되는 거인의 구역이다. 드넓은 야산을 빙 둘러친 철책 곳곳에 '사유지 출입 금지. 엄벌에 처함. 주인 백' 표시가 붙어 있는 금지 구역.

여기는 이름만 버찌마을이지 마지막 버찌나무 한 그루까지 밀어내고 아파트가 들어선 곳이다. 벌레가 초록을 갉아먹듯 야금야금 그렇게 됐다. 100번지 일대만 개발되지 않은 건 워낙 언덕배기인 데다 드넓은 야산 때문이라고 할 수 있다. 야산자락의 오래된 빈집. 큰 나무들에 둘러싸인 그 집의 주인이 고집불통이라서. 고집불통이라는 말은 어디까지나 소문이다. 아무도 집주인을 만난 적도 본 적도 없다.

피엘의 휴대 전화가 울렸다.

"아, 엄마네! 상훈아, 미안."

피엘이 말꼬리를 흐리며 뒷걸음질 쳤다. 상훈이는 못마땅한 얼굴로 피엘을 쏘아보고 강 노인을 슬쩍 올려다보았다. 그러나 금방 눈길을 피했다. 강 노인의 깊고 날카로운 눈초리에 기가 꺾였다.

"왜 그러시는데요?"

상훈이가 또 슬쩍 강 노인을 보았다. 기어드는 소리일망정 꼬리를 내린 건 아니었다. 차돌멩이 같은 상훈이를 강 노인은 잠자코 보기만 했다.

"동전, 그거요? 할아버지 돈 아니잖아요. 장 할아버지 것도 아니고요."

상훈이는 진땀을 흘리고 있었다.

"장 할아버지는 깎아 줬고, 할아버지는 안 받았으니까. 임자 없는 거잖아요. 그래서 저한테 굴러온 거죠."

말은 그렇게 하고도 상훈이는 주머니에서 동전을 꺼냈다. 그리고 강 노인에게 내밀었다. 허름한 차림이라 볼품은 없어도 손톱 밑이 깨끗한 아이였다.

"그래도 뭐, 드릴 수는 있어요."

상훈이가 고개를 삐딱하게 쳐들고 말했다. 한결 기가 살아난 말투였다. 강 노인은 중얼거리듯 툭 내뱉었다.

"제법, 그렇구나."

메마른 목소리였다. 한 번도 웃어 본 적이 없는 사람처럼 무뚝뚝하고 엄격한 말투.

강 노인이 쥐똥나무 울타리를 끼고 뚜벅뚜벅 걸어가는 걸 보고 돌아서면서 상훈이는 안도의 한숨을 내쉬고는 동전을 챙겼다.

"으, 기분 나빠. 괜히 무섭게 굴고 그래!"

상훈이마저 다람쥐처럼 사라졌다.

쥐똥나무 울타리에 이어진 벽돌 담장 옆에서 강 노인은 걸음을 멈추었다. 그리고 버찌마을에 어둠이 드리워지고 창문에 하나둘 불이 켜지는 걸 바라보았다. 꽤 오랫동안. 그러다가 천천히 담장을 짚으며 걸어갔다.

어디서부터 시작되었는지 모를 담쟁이덩굴 줄기가 거의 뒤덮다시피 한 담장이었다. 죽은 줄기를 뒤덮고 새 줄기가 뻗어 나가며 피워 낸 잎사귀들이 안 그래도 드높은 담장을 더 을씨년스럽게 만들고 있었다. 어리고 싱싱한 잎사귀들 틈에 말라비틀어진 잎사귀들이 아직 거뭇하니 매달려 있기 때문이기도 했다.

세월이 느껴지는 담장 가운데서 강 노인은 걸음을 멈추었다. 담쟁이덩굴에 파묻히다시피 한 대문 앞. 옛날식 자물쇠가 굳게 매달린 100번지 거인의 집 대문이었다.

"응?"

자물쇠를 돌리던 강 노인은 고개를 갸웃했다. 생각보다 부드럽게 열렸기 때문이다. 그게 기분 나쁘지는 않았다. 오히려 자기가 와야 할 곳을 제대로 찾아왔구나, 확신했다. 문득 '마법의 문이 주인을 알아보고 맞이하는군!' 하는 어린애 같은 생각도 살짝 스쳤다.

아무도 강 노인이 거인의 집으로 들어가는 걸 보지 못했다. 대문은 부드럽게 열렸고, 조용히 닫혔다.

뒤 뜰 의
침 입 자 들

꼬끼오오오!

잠을 확 깨우는 소리.

움찔했지만 강 노인은 눈을 뜨지 않았다. 수탉 울음소리라니. 그저 나쁜 꿈이 계속되는 거라고만 생각했다. 잠자리가 바뀌어서 겨우 잠들었고 줄곧 악몽에 시달리는 중이었으니. 어이없게도 개구리 울음소리까지 들으면서.

꼬끼오오오오!

아까보다 더 자지러지는 소리.

눈이 번쩍 뜨였다.

"설마……."

설마 진짜 닭일까. 말도 안 된다.

강 노인은 눈을 끔뻑이며 생각했다. 여기는 출입이 통제된 곳이다. 철저하게. 사람은 물론 닭도! 그런데 무슨 일이람. 야생 닭이라는 게 있을 리 없으니, 닭 울음소리가 들린다는 건 사람이 이 집에 드나들었다는 증거다.

'그럴 리 없지.'

강 노인은 다시 눈을 감았다. 근처 다른 집에서 난 소리일 것이다. 뉘 집 수탉인지 목청 한번 좋다.

꼬끼오오오!

머리털이 죄다 곤두서는 것 같았다. 머리 꼭대기에서 홰를 치듯 쩌렁쩌렁한 소리. 기상나팔이 따로 없지 않은가.

잠이 싹 달아나 버렸다. 강 노인은 이불깃을 꼭 쥐고서 눈을 끔뻑이며 기다렸다. 도대체 어느 쪽에서 얼마나 크게 들려오는지 제대로 들어야 할 것 같았다. 이건 분명히 울타리 안에서 나는 소리다. 이 집이 근처 집들과 얼마나 떨어져 있는지 강 노인은 잘 알고 있었다.

맙소사. 여기가 어딘가. 도심은 아니더라도 시골은 더더구나 아닌데 닭이라니. 하지만 저 정도 소리라면 분명히 근처에 수탉이 있다는 거다. 도대체가 있을 수 없는 일이다. 이곳을 관리하느라 들어간 돈이 얼마인데. 관리 업체는 매달 똑같은 보고를 해 왔다.

원래 상태를 유지하며 완벽하게 관리되고 있음!

머리가 지근거렸다. 저런 게 집 안에 있으리라고는 상상도 못 했다. 짐작이 맞다면 엉터리 보고서에 속으며 아까운 돈이 새 나가는 줄도 몰랐던 게 아닌가.

"으, 미스터 박. 이 맹꽁이 작자가 일을 제대로 하는 거야?"

그런데 적잖은 시간이 흘렀어도 닭 울음소리가 더는 들리지 않았다.

"왜 조용하지?"

강 노인은 일어나 앉았다. 귀를 기울였다. 여전히 조용하다. 귀를 쫑긋 세우고 방 안을 돌아다니며 기다렸어도 수탉이 홰치는 소리는 더 들려오지 않았다.

그만 잊어버리고 다시 잠들고 싶지만 신경이 예민한 사람이라 어쩔 수 없었다. 수탉이 더 울지 않을 거라는 사실을 알았다면 그러지 않았을 텐데. 사실 이 수탉은 규칙적인 편이라 아침에 홰를 치는 건 딱 세 번이었다.

결국 강 노인은 거실로 나갔다. 얼마 안 되는 머리카락이 죄다 곤두서고 파자마가 흘러내린 채로.

"스트레스가 날 가만두질 않아. 사방이 적이로군!"

살금살금 걸어서 부엌으로 갔다. 마룻장이라도 삐걱대면 닭 울음소리를 제대로 못 들을 테니. 우유를 따라 전자레인지에 데우는 동안 강 노인은 냉장고 문에 붙은 요일별 식단을 보았다. 영양사가 강 노인을 위해 특별히 짜 준 식단이다.

"흥."

적당히 데워진 우유를 들고 거실로 나갈 때 바닥에 쏟아진 밀가루가 파자마에 쓸려 이리저리 흩어졌다.

강 노인이 어제저녁으로 먹은 건 수제비였다, 식단의 식사가 아니라. 밀가루 범벅이 돼 가면서 그가 직접 만든 늦은 저녁밥이었다.

먹고 싶은 것 요리해 먹기.

여기로 올 결심을 하고 강 노인이 정한 첫 번째 규칙이다.

흔들의자에 얌전히 앉아서 강 노인은 새벽녘의 뜰을 내다보았다. 해가 뜨려면 아직 더 있어야 한다.

"성질 급한 녀석이었군."

어디선가 희미하게 꽃향기가 스며들고 있었다. 그것이 그나마 강 노인을 위로해 주었다. 나머지 잠에 빠지도록.

망망망!

"허어!"

눈이 번쩍 떠졌다. 흠칫 놀라는 바람에 흔들의자가 마구 움직였고 창으로 비쳐는 아침 햇살에 어찌나 눈이 부신지 고개를 돌려야만 했다.

망망망망!

"이, 이게……."

강 노인은 벌떡 일어나 소리를 따라갔다. 바짓가랑이가 축축했다. 깜빡 잠든 사이에 우유가 쏟아진 모양이다. 그러나 지금 중요한 건 이게 아니다.

북쪽이다. 북쪽은 이 집의 뒤뜰이고 거기를 훤히 보자면 다락방으로 가야 한다. 부엌에도 건넌방에도 북쪽으로 난 창은 있지만 마땅치 않다. 층계참에도 유리창이 있기는 하다. 그러나 거기는 담쟁이덩굴에 뒤덮여서 뭘 제대로 확인할 수가 없다. 담쟁이덩굴 속에 숨어서 살피는 꼴이기도 하고.

정신은 말짱한데 몸이 아직 덜 깨서 다리가 휘청거렸다. 강 노인은 난간을 붙잡으며 계단을 올라갔다.

가운데 천장이 높고 사방이 비스듬하게 기울어진 널찍한 다락방. 아침 햇살로 동쪽 커튼이 붉게 물들어 있었다. 강 노인은 북쪽 창문의 커튼을 살그머니 걷고 창문을 열었다. 그리고 날카로운 눈으로 사방을 둘러보았다.

시원하게 펼쳐진 야산의 봄 풍경과 새로 돋아난 이파리마다 햇살을 받고 있는 나무들이 먼저 보였다. 우람한 덩치로 이파리들을 반짝이는 상수리나무, 버찌나무, 오리나무, 버즘나무, 호두나무, 감나무. 그리고 우거진 잡목과 찔레 덤불, 하얗게 피어난 아까시나무 꽃들. 그러나 지금 강 노인의 눈에는 그런 게 들어오지 않았다. 저 속 어딘가에 강아지가 있다. 아마 수탉도 어쩌면.

"뭔가 잘못됐어."

신음처럼 중얼거리며 강 노인은 주의 깊게 살폈다. 그러나 안타깝게도 개는커녕 꼬리털 하나 보이지 않았다. 거짓말처럼 개 짖는 소리도 잠잠해졌다. 순전히 착각이었던 것처럼.

"신경과민인가……. 하긴, 환청이 들린다고 해도 이상한 게 아니지……."

강 노인은 다락방을 휘이 둘러보았다.

오래된 가구와 뚜껑이 없는 풍금. 벽에 걸린 그림들과 벽장에 매달린 맹꽁이자물쇠. 침대에 씌워진 천은 깨끗하고 귀퉁이마저 반듯하게 접혀 있다. 옛날 그대로다. 아니, 그대로일 것이다. 아마도.

강 노인은 축 늘어진 채 계단을 내려왔다. 천천히 하나씩 신중하게 밟고. 늙으면 넘어지는 게 치명적이라고 김 박사가 말했다. 그때는 늙은이 취급 받는 게 놋마땅해서 못 들온 척 했으나 이제는 혼자가 아닌가.

계단을 반쯤 내려와 창문 앞을 지나다가 강 노인은 신경이 바짝 곤두서는 걸 느꼈다. 뭔가 허연 것이 지나갔다. 강 노인은 당장 유리창에 얼굴을 붙이고 내다봤다. 그런데 유리창을 뒤덮은 담쟁이덩굴 때문에 뭐 하나 시원하게 보이지 않는다.

그래도 치맛자락을 나부끼며 달려가는 여자애를 보기는 한 것 같다. 수탉에 강아지에 여자애까지.

"젠장!"

계단을 쿵쿵 디디며 내려왔다. 그리고 벌컥 문을 열어젖히고 맨발로 나갔다.

잔디가 깔끔하게 다듬어지고 꽃과 나무 들이 보기 좋게 자라난 뜰. 느티나무 아래에는 의자 푹신한 그네가 있고, 대문 쪽 담장부터 북쪽으로 가지 굵은 포도나무가 길게 터널을 이루고 있는 넓은 뜰이다.

소담스럽게 피어난 철쭉도 황금처럼 빛나는 황매화도 강 노인은 거들떠보지 않았다. 그저 이슬에 바짓단을 적시며 집 왼쪽으로 갔다가 식식거리며 오른쪽으로 가고, 다시 왼쪽으로, 또 오른쪽으로, 왔다 갔다 하기만 했다. 앞뜰에서 뒤뜰로 가는 길이 보이지 않아서였다. 한쪽은 무너진 벽돌 더미가 수북한데 그나마도 해당화 무더기가 덮어 버렸고, 창고가 있는 다른 쪽은 대나무가 어찌나 빽빽하게 들어섰는지 발 하나 들이밀 틈조차 없는 것이다.

"허어, 담장이 허물어졌는데도 보고가 없었어? 미스터 박! 이 맹꽁이가 도대체 뭘 하기는 한 거야? 내 돈을 물 쓰듯 했단 말이지!"

화가 치밀어 올라 숨이 가빠졌다.

"손해 배상이 불가피하군! 명백한 계약 위반이야! 그런데 전에도 대나무가 여기 있었나?"

자기 키보다 세 배는 높게 자란 대나무들 앞에서 강 노인은 버럭 소리를 질렀다.

"어째서 내가 아직도 뒤뜰에 갈 수 없지? 엉?"

강 노인은 대나무를 걷어찼다. 자기가 맨발인 줄 모르고. 그중에 날카롭게 꺾인 가지가 있는 줄도 모르고 말이다.

"으앗!"

칼에 베이는 듯한 아픔이 온몸으로 퍼졌다. 강 노인은 털썩 주저앉아 상처에 금방 피가 맺히는 걸 보았다. 한숨이 포옥 나왔다.

강 노인은 잔디밭에 벌러덩 누웠다. 이슬이 등에 차갑게 배어들었다. 신선한 바람이 뺨을 스치고 어디선가 들려오는 새소리, 파란 하늘이 그를 진정시켰다.

"이봐, 강대수. 당신, 냉철하고 점잖기로 소문난 사람 아니었나?"

눈을 감으며 스스로를 타일렀다.

또 한숨처럼 중얼거렸다.

"이봐, 덩어리 씨. 좋아할 거 없네. 난 괜찮아……."

양쪽 눈꼬리에서 눈물이 흘러내렸다.

강 노인은 관자놀이를 더듬고는 손가락에 묻은 물기를 찡그린 채 보았다. 생각지도 못한 난처한 것이라는 듯.

"이런……. 덩어리 씨가 날 동정하는군."

몸속에 아직도 이런 게 남아 있다니. 신기하다. 아니면, 정말 심각한 상황이 된 것인가.

덩어리 씨란 언제부터인가 강 노인의 머릿속에서 자라고 있는 혹을 두고 하는 말이다. 그를 여기로 오게끔 만든 암 덩어리.

그는 허락도 없이 자기 머리에 들어앉은 이 덩어리를 용납할 수가 없었다. 그렇다고 머리를 열고 꺼내 보고 싶지는 않았다. 잘못했다가는 슬그머니 숨어든 이 도둑에게 당할 것 같아서. 뒤통수의 아주 예민한 자리를 차지한 이 악질은 김 박사 말마따나 살살 달래 가면서 평생 같이 살아야 할 골칫덩어리다.

"주제넘게 동정이라니……."

바람결에 무슨 소리가 들려왔다. 노래를 흥얼거리는 것 같은. 하지만 강 노인은 그냥 누워 있었다. 누가 담장 옆을 지나가며 노래 부르는 것까지 신경 썼다가는 머릿속의 혹이 풍선처럼 부풀어 터져 버리고 말 것이다.

만약 강 노인이 고개를 조금 쳐들었다면 바구니를 든 백발의 할머니를 보았을 것이다. 마치 자기 집에 들어오는 것처럼 능숙하게 대문을 열고 들어와서는 포도나무 터널을 지나가는 걸 말이다. 그리고 해당화 무더기 옆으로 사라지는 것도.

대나무에 베인 상처가 생각보다 깊었다. 붓고 욱신거리는 것은 물론 열까지 나는 것이다. 강 노인은 약 따위를 그리 믿지도 좋아하지도 않는다. 하지만 발이 부어서 걷는 게 불편할 정도가 되자 약상자를 뒤져 항생제를 찾아냈다. 그걸 먹은 까닭은 단순했다.

"상처가 심해지면 덩어리 씨만 좋을걸!"

잠자리에 누우며 강 노인은 기도라는 걸 해 보았다.

"잠에서 깼을 때 발이 말짱해지도록 해 주시오. 어떤 신이시든. 당신들은 뭐든 할 수 있잖소. 신이니까."

기도치고는 좀 건방진 편이었다. 하지만 그로서는 최선이었다. 열 살 이후로 기도라는 걸 해 본 적이 없으니. 강 노인이 신이라든가 크리스마스 따위를 믿은 건 그러니까 열 살 때까지였다고 할 수 있다.

아무튼 강 노인은 사흘씩이나 잠을 잤다. 그건 항생제 때문이 아니라 의사가 다녀갔기 때문이다.

강 노인은 자기가 부르지 않으면 이 집에 아무도 오지 못한다고 믿고 있지만 사실은 그렇지가 않았다. 그가 반밖에

모르는 거였다. 그는 이 집이 전문 업체의 관리를 받고 있다는 것만 알았지 자기가 전문가들의 관찰 속에서 관리를 받고 있다는 사실은 모르고 있었다. 앞으로도 몰라야 하기 때문에 그 사실은 강 노인 모르게 이루어졌다. 예를 들자면, 그가 집에 없거나 잠들었을 때 쥐도 새도 모르게 살짝 조용히. 꼭 우렁각시가 하는 것처럼.

강 노인이 푹 잤다고 할 수는 없다. 그는 새벽마다 가위에 눌렸다. 잠결에도 눈을 번쩍 뜨거나 투덜거리곤 했는데, 그게 다 뒤뜰에서 들려오는 소리 때문이었다. 세 번씩 자지러지게 홰를 치는 수탉. 개구쟁이처럼 짖어 대는 강아지. 그리고 아이들 웃음소리.

그게 사실인지 꿈인지 헷갈리면서도 강 노인은 결심했다. 그리고 잠에서 깨자마자 전화를 걸었다.

"미스터 박! 백 번지로 와야겠네."

강 노인은 침착하고 단호하게 말했다. 중대한 결정을 하고 서류에 서명하던 때처럼 냉정한 목소리로.

"뒤뜰 문제를 조속히 해결하게. 다시는 그따위 소리가 안 들리게 수탉 모가지를 확 비틀어 버리란 말일세!"

왜 요
꼬 맹 이

"자네 말야, 혹시 뒤뜰에 가 봤나?"

운동화 끈을 매면서 강 노인이 물었다. 붓기도 좀 빠지고
아픈 것도 꽤 괜찮아졌다. 그래도 오늘은 많이 걸어야 한다.
그것도 좀 부지런히.

벌써 세 시가 넘었다. 잠에 빠져서 아까운 시간을 그냥 다
보내 버렸다는 게 강 노인은 적잖이 속상한 참이었다. 감정
을 다스리지 못하면 꼭 이렇게 후회할 일이 생기고야 만다.

"네. 당연히."

미스터 박이 신중하게 대답하고 다음 말을 기다렸다. 부드
럽게 처진 눈과 일자로 굳게 닫힌 입술. 강 노인을 그림자처

럼 따르며 늙어 가는 동안 미스터 박의 표정은 그렇게 굳어
졌고 태도는 한결같이 깍듯했다.

"어디를 통해서 다니지? 아, 내 말은……. 그러니까 자네가
다니기에 편한 길 같은 게 혹시, 있는지 해서."

강 노인은 턱을 쳐들고 미스터 박을 보았다. 자기가 뒤뜰로
가는 길도 모른다고 생각할까 봐 시치미를 떼고.

어쨌거나 미스터 박은 강 노인이 여기서 어린 시절을 보낸
줄 알고 있다. 그건 사실이기도 하고 사실과 좀 다르기도 한
문제지만, 남들이 속속들이 아는 걸 강 노인은 원치 않았다.

"잘 안 보여서 그렇지, 길이 많은 편입니다만."

강 노인 얼굴이 구겨졌다. 그 바람에 미스터 박의 다음 말
이 쏙 들어갔다.

"흐음, 그걸 알았단 말이지……. 그래서 자넨 어디로 다니
나?"

강 노인은 되도록 부드럽게 물었다. 사실은 어금니를 꾹 물
었지만.

"장미과의 가시에 알레르기가 있기도 하고 옷이 더러워지
면 안 되니까 저는……. 네, 부엌에 딸린 식품 창고 뒷문을 이
용해 왔습니다만."

강 노인의 눈썹이 꿈틀했다. 알쏭달쏭한 대답이지만 되물을 수는 없었다. 아무튼 뒤뜰로 가는 아주 쉬운 길이 있었던 것이다. 그것도 집 안에!

강 노인은 끙 신음하며 손가락을 세웠다.

"여섯 시까지 돌아올 걸세."

그 말은 여섯 시 안으로 뒤뜰의 문제를 해결하고 집에서 나가라는 뜻이었다. 뒤뜰의 골치 아픈 문제가 아니라면 미스터 박을 부르지도 않았을 것이다. 이건 어디까지나 비상사태라고 할 수 있다.

대문을 나와 걷다가 강 노인은 우뚝 섰다. 그리고 못마땅한 눈초리로 담장을 노려보았다. 아니, 그 너머에 있는 집을 쏘아보았다.

인정하기 싫지만 인정할 수밖에 없는 몇 가지 사실을 알게 됐다. 관리 업체가 강 노인이 가장 중요하게 생각하는 '원래 상태를 유지'하는 데에 소홀함이 없었다는 것이다. 그러니까 관리를 맡기 시작했을 때 이미 벽돌담은 허물어진 상태였고, 창고 옆에는 대나무가 자라고 있었다는 것.

생각할수록 불쾌하다. 마치 집에게서 '내가 네 집이 될 수 있을 거라고 믿어?' 하고 놀림을 당한 것만 같다.

말이 되는가. 이 집을 사들이고 관리한 지가 벌써 삼십 년이 넘었다. 들어와 살겠다는 의도로 매입한 게 아니어서 와 보지 않았을 뿐, 머릿속에 훤히 새겨진 집이다. 그런데 자기 집 뒤뜰로 가는 길도 모르는 집주인이라니!

"게다가, 길이 많아?"

강 노인은 어금니를 꾹 물고 심술궂게 뒤꿈치를 찧으며 걸었다. 그러다가 우뚝 걸음을 멈추었다. 아이들이 공터에서 축구를 하고 있는 게 아닌가.

"자아! 강철 슛을 받아라!"

"여기로 패스! 패스!"

저 축구공. 분명히 며칠 전에 자기 집 울타리로 넘어왔던 것이다.

얼마나 어금니를 꾹 물었는지 강 노인의 볼이 부르르 떨렸다. 아이들이 자그마치 일곱이나 된다. 저 많은 애들이 뒤뜰에 들락거린다면 세상 사람들이 죄다 들어올 수 있다는 뜻이다. 감히 자기 집에! 그 높은 철책이며 줄줄이 달아 놓은 경고판을 싹 무시하고!

강 노인은 아이들을 하나하나 쏘아보며 뚜벅뚜벅 걸었다.

그중에서도 상훈이가 유독 눈에 들어왔다. 그러나 아이들은 그에게 관심조차 없었다. 지금 여기서 노는 게 무엇보다 중요하기 때문이다. 마을버스가 들어오면 비켜 줘야 하고, 아파트에 사는 애들은 잘 놀다가도 학원 때문에 가 버리니까. 그래서 마침 또르르 굴러온 축구공을 강 노인이 꾹 밟자 이따위 소리까지 했다.

"그것 좀 차 주세요!"

"너무 세게는 말구요!"

강 노인 눈썹이 또 꿈틀했다. 그러나 지금 성질대로 철부지 애들을 혼꾸멍내는 건 체면상 안 될 일이다. 이런 문제를 해결해 줄 전문가는 얼마든지 있다. 그러니 공을 차 주는 수밖에.

뒤틀린 심정으로 축구공을 걷어찼다. 딴에는 어떤 녀석 얼굴에라도 맞기를 바랐다. 속이라도 시원하게. 하지만 공은 바람 빠지는 풍선처럼 피시식 옆으로 새 버렸고, 다친 발마저 욱신거려서 강 노인은 가게 평상에 주저앉고 말았다.

"으흐흐흐, 나한테 한 수 배워야겠수다. 내가 왕년에 한가락 했거든."

장 영감이 부침개를 집어 먹으며 웃었다.

"왜요? 왜 한가락 했어요?"

장 영감 뒤쪽에서 또랑또랑한 소리가 났다. 거기 엎드려 그림을 그리다가 고개를 쳐든 꼬맹이가 그제야 강 노인 눈에 들어왔다.

"두 가락 세 가락은 왜 안 했어요?"

강 노인은 풋 하고 웃을 뻔했다. 저렇게 말똥한 표정으로 사람을 웃기는 애가 있다니. 아이들은 원래 다 저런가. 그렇지 않다. 그도 한때는 어린애였지만 기준이 될 만한 애는 아니었다. 우울하고 많이 외로웠으니까. 보통 애들이라면 저 앞에서 망나니처럼 뛰고 소리치는 정도일 거다. 이토록 유리알 같은 눈을 반짝이며 말하는 아이는 흔하지 않다. 아마도.

"으응? 유리야, 너도 이담에 크면 다 알아."

맙소사. 게다가 이름도 유리란다.

장 영감이 제법 다정하게 웃으며 안으로 들어갔다. 사내아이들에게 소리 질러 대던 늙은이가 아니었다. 장 영감은 막대사탕 하나를 빈 접시에 얹어서 꼬맹이한테 주었다.

"잘 먹었다고 말씀드려. 유리 할머니 아니면 이 가겟방 할아버지가 어찌 요런 걸 먹어 볼꼬."

장 영감이 너스레를 떨었다. 그리고 입을 쩝쩝거리며 강 노인을 흘깃거렸다. 마치 이런 거 먹어 봤나, 하는 표정으로. 그러더니 걸쭉하게 트림까지 했다.

"아이고, 맛나다. 아카시아꽃 부침개를 먹어 본 사람이 세상에 몇이나 될꼬. 나는 가끔 그게 궁금해."

"왜요? 그게 왜 궁금해요?"

유리가 턱까지 쳐들고 물었지만 장 영감은 그저 머리만 쓰다듬어 주었다. 유리는 원래 그렇게 묻는 꼬맹이고, 지금 신경 쓰이는 건 따로 있으니.

아까시나무 꽃.

강 노인은 그 말이 몹시 거슬렸다.

"버선아, 가자."

그러면서 유리가 깡충깡충 뛰어갔다. 그러자 평상 밑에서 난데없이 강아지가 튀어나와 따라가는 게 아닌가. 망망망 짖으면서.

강아지와 짖는 소리.

바로 저거였다. 강 노인 얼굴이 완전히 굳어 버렸다.

그때 마을버스가 올라왔고 아이들은 축구를 중단했다.

"도처에 도둑이 들끓는군……."

강 노인은 신음하며 연립 주택으로 들어가는 여자애를 쏘아보았다. '시민 생존권 보장하라! 날도둑질 반성하라!'고 쓰인 현수막이 태극기처럼 펄럭이는 연립 주택. 당장 철거해도 시원찮을 낡은 건물이다.

저놈의 아이들. 강아지. 여자애. 아까시나무 꽃.

강 노인은 치통이 도진 느낌이었다. 여기서 아까시나무 꽃을 딸 수 있는 곳이라고는 한 군데밖에 없다. 자기 집 뒤뜰에 들어와서 그걸 땄다는 사실만으로도 부아가 나는데, 그걸로 부침개를 부쳐서 이 사람 저 사람 나눠 먹고, 거기다 자랑까지. 감히 집주인한테.

뒤뜰에 들락거리는 명백한 증거들이 여기 다 있다. 그러나 이건 어디까지나 추측일 뿐이다. 아까시나무 꽃이라는 것도 배추처럼 시장에서 살 수 있을지 모르니.

이래저래 머리가 지근거린다. 문득 후회가 됐다. 김 박사 말대로 시설 좋은 요양원으로 들어갈걸. 여기로 온 것은 쉬고 싶어서였다. 그동안 일하느라 바빠서 미루기만 한 사소한 것들을 해 보고 싶었다. 조용히 지내면서 이제라도 자신의 인생을 살고 싶었다. 그런데 온통 신경 쓰이는 것투성이다. 사방이 두통거리. 골칫거리들.

"그래, 어느 집에서 묵고 계시우?"

장 영감이 잇새를 쑤시며 물었다.

강 노인은 묵묵히 일어났다. 그때 가게 안에서 단발머리 여자애가 가방을 메고 나왔다. 얼굴이 단정하고 총명해 보이는 소녀였다.

"할아버지, 다녀올게요."

"오냐. 기사 쓰기 수업하러 가는 날이지? 공부도 좋지만, 일찍 일찍 다녀."

강 노인을 의식한 듯 장 영감은 유난히 '기사 쓰기'를 힘주어 말했다. 요즘 애들 공부에 대해서 아는 게 없는 터라 강 노인은 귓등으로 흘려들었지만. 어쨌거나 지금까지와 달리 장 영감의 태도는 점잖았다. 인자하고 엄격한 보통 할아버지 그대로인 것이다.

"미호라고, 내 손녀라오. 전교 일등만 하는 모범생이지!"

우쭐해하는 장 영감을 못 본 척하고 강 노인은 마을버스에 올랐다. 그리고 조금 뒤쪽에 앉아서 미호를 살펴보았다. 장 영감에 대해서 다 안다고 할 수야 없지만, 어쨌거나 미호라는 저 아이는 가겟방 영감에게 보석 같은 존재라는 생각이 들었다.

마을버스가 버찌마을을 빙글빙글 돌아서 내려오는 동안 여러 아파트를 지났고, 그때마다 사람들이 내리고 탔다. 작은 버스지만 이 마을에서는 꼭 필요하고 중요한 교통수단이었다.

전철이 연결되는 정류장에서 승객이 거의 다 내렸다. 강 노인도 내렸다. 전철을 타고 악기점에 가는 게 오늘 할 일이다.

악기 배워서 연주하기. 단 한 곡이라도!

이건 강 노인의 두 번째 계획이다.

트럼펫이나 첼로가 격에 맞을 거라고 생각하는 중이다. 트럼펫과 첼로는 강 노인의 마음에서 떠난 적이 없는 악기다.

부피가 좀 커서 번거롭겠지만 세상에 쉬운 건 없다. 부러워만 하던 걸 이제라도 하게 됐으니 참아야 한다. 더는 미룰 시간도 없을 테니.

전철역으로 내려가려다 말고 강 노인은 미호가 공원으로 뛰어가는 걸 바라보았다. 머리카락을 찰랑이며 뛰는 모습이 눈부시다. 새잎이 돋아나 싱그러운 공원의 나무들처럼 건강하고 보기 좋다.

강 노인은 전철 타려던 걸 잠시 미루고 공원 오솔길을 따라서 천천히 걸었다. 미호가 들어간 곳은 공원 안쪽에 있는 마을 도서관이었다. 누구나 이용하는 곳이라서 강 노인이 들

어오는 걸 아무도 신경 쓰지 않았다. 그래서 열람실도 기웃
거리고 컴퓨터 방이며 공부방도 구경할 수 있었다.

아이들이 한창 책에 빠져 있는 방도 있고, 노인들이 붓글씨
를 쓰는 방, 여자들이 요가를 하는 방, 그림을 그리는 방도 있
었다.

기타 소리가 나는 방도 있었는데, 미호가 그 안을 들여다보
고 있었다. 어찌나 넋을 놓고 있는지 누가 제 뒤에 있는 줄도
몰랐다. 강 노인은 빙긋 웃으며 돌아섰다. 미호가 뭐에 빠져
있는지 장 영감도 알까.

"공부가 아니라는 건 확실하군, 후후."

강 노인은 아홉 시가 다 돼서야 돌아왔다. 기타를 짊어지고.

트럼펫이나 첼로를 살 생각이었지만, 두 가지 다 지금 그에
게는 적당하지 않다는 걸 받아들여야 했다.

트럼펫은 지금껏 그래 왔듯 가슴에 묻기로 했다. 어렸을 때
어둠 속에서 들은 트럼펫 소리가 얼마나 낭만적이었는지. 아
버지한테 혼찌검 나고 쫓겨나서 울다가 처음 들었는데, 그건
가난과 외로움을 벗어난 황홀한 무엇이었다. 어린 강 노인에
게 다른 세상이 더 있다고 말해 주는 것 같았던 그 소리. 어

쭙잖은 시도로 기억을 망칠 수야 없지 않은가.

첼로. 강 노인이 사랑했던 여자가 첼로 연주자였다. 강 노인이 결코 잊을 수 없는 어떤 아이를 똑 닮은 여자. 그런데 그 여자는 그보다 첼로를 더 사랑했고 첼로와 함께 떠나 버렸다.

첼로를 안는 순간 강 노인은 배우기를 포기했다. 아픈 기억들이 되살아난 것이다. 차라리 첼로가 되고 싶었던 슬프고 힘든 시간들. 거기다가 더 어렸을 때 아픔까지 생생해져서 차라리 건드리지 않기로 했다.

기타를 선택한 건 순전히 어쩔 수 없어서였다. 너무나 친절하게 열심히 설명해 준 점원을 공치게 하는 건 도리가 아닌 것이다. 기타는 괜찮은 악기고, 다행스럽게도 배울 데가 적당한 곳에 있기도 하고.

고단한 하루였다.

무얼 만들어 먹기에는 늦었다 싶어서 우유나 한잔 마실 생각이었다. 그런데 식탁에 닭백숙이 차려져 있는 게 아닌가. 그것도 막 차린 듯 따끈한 상태였다.

"미스터 박이 조금 전에야 돌아갔군. 고약한 친구. 시간을 어겼어. 흐음, 일 처리를 완벽하게 하다 보면 뭐……."

맛있게 먹다가 강 노인은 숟가락을 탁 놓았다.

닭이다. 설마 이게 뒤뜰의 그 닭일까. 닭백숙은 원래 닭으로 만드는 요리다. 하지만 오늘 아침까지 목청 좋게 울던 녀석을 이렇게 마주하는 건 아무래도 찜찜하다. 시장이나 마트에서 산 재료와 이것 사이에는 엄청난 차이가 있다. 미스터 박과 수탉이 뒤엉킨 몹시 언짢은 사건.

강 노인은 속이 불편한 채로 잠자리에 들었다. 불면증에 시달리지 않으려고 기도를 해야만 했다. 하는 김에 닭의 명복까지 빌어 주고. 덕분에 악몽에도 시달리지 않고 푹 잘 수 있었다.

꼬끼오오오!

"응?"

눈이 번쩍. 너무 놀라서 순식간에 정신이 들었다.

닭이다. 닭이 또 홰를 쳤다.

꼬끼오오오오!

"허!"

그것도 아주 극성스럽게 내지르는 소리. 어찌 된 일일까. 미스터 박이 문제를 해결하지 못했다는 증거가 아닌가.

꼬꼬댁 꼬꼬. 꼬꼬댁 꼬꼬꼬.

심상치가 않다. 저 소리가 여전히 들리는 것도 이상하지만 여느 때와 다른 소리가 들리는 게 더 이상하다.

미스터 박을 오랫동안 곁에 둔 것은 일 처리가 분명해서였다. 그런데 여전히 닭이 활개를 치고 있다. 게다가 당당하게 목청 돋우던 수탉이 지금은 어쩐지 불안해하는 것 같다.

강 노인은 서둘러 부엌으로 갔다. 그리고 식품 창고를 열었다. 미스터 박이 뒤뜰로 가는 문이 여기 있다고 했다. 부엌 한쪽에 식품 창고가 있다는 말만 들었지 확인해 본 적이 없어서 불을 켜고 살펴봐야 했다.

식품 창고는 제법 넓고 서늘했다. 상자며 작은 항아리, 유리병 따위가 층층이 진열된 선반을 지나 살짝 꺾어지니 외짝 문 하나가 보였다. 그런데 반쯤 열려 있었다. 누가 막 나간 것처럼.

문을 활짝 열어젖혔다.

"아!"

강 노인은 자기도 모르게 감탄했다. 이렇게 신선하고 아름다운 풍경이라니. 뒤뜰이라기에는 너무나 넓고 풍성한 숲이 아닌가. 그런데 그 속에 이리저리 뛰고 소리치는 것들이 있었다. 날개를 푸닥거리고 비명 지르며 도망쳐 다니는 닭들과 양팔을 휘저으며 쫓아다니는 미스터 박.

"저게 뭔 짓이여?"

강 노인은 문 앞에 있던 슬리퍼를 꿰신고 나갔다. 밤새 습기를 빨아들인 슬리퍼는 금방 이슬에 젖었고, 강 노인의 바짓가랑이도 푹 젖었다.

강 노인을 알아본 미스터 박이 놀라서 당장 뛰어왔다. 흘러내린 머리카락이며 축축한 바지며 꼴이 말이 아니었다.

"자네, 여기서 지금 뭐 하나?"

"아, 그게 말입니다. 저……."

몹시 난처한 듯 미스터 박 얼굴이 구겨졌다. 강 노인 기억에 미스터 박의 이런 모습은 처음이다. 한결같고 단정하고 빈틈없던 그가 아니다. 자기만큼은 아니라도 제법 냉철하고 똑 부러지는 인물이라고 할 수 있는데.

"제가 처리할 문제가 뭔지 충분히 알고 있습니다만……."

강 노인은 아침부터 진땀을 흘리고 있는 미스터 박을 흘깃 보고, 비로소 안정을 되찾고 돌아다니는 닭들을 보았다. 수탉한 마리가 아니었다. 그에게 딸린 암탉이 적어도 네댓은 되는 것 같았다.

"이제 보니 자네, 무능하군."

강 노인의 말꼬리가 표정만큼이나 비틀렸다.

미스터 박의 얼굴이 일그러졌다.

"여기서 유능하다는 건……."

강 노인의 눈썹이 꿈틀했다. 다음 말은 안 들어도 뻔하다. 어젯밤 닭백숙이 떠올라서 강 노인도 흠칫 몸을 떨었다. 어쨌거나 어제 그것이 암탉들을 거느린 저 수탉은 아니라서 다행이라는 생각이 늘었다.

"그래서 새벽마다 와서 울지 못하게 하기로……."

"궁여지책이로군."

어금니를 깨물듯이 하는 말에 미스터 박이 입을 떼지 못했다. 새벽부터 이리저리 뛰느라 콧물을 훌쩍이고 있는 미스터 박이 강 노인은 아주 못마땅했다. 그래서 당장 문 쪽을 가리켰다.

"다시는 이러지 말게. 더 시끄러워."

"알겠습니다. 그럼, 아침마다 닭이 우는 문제는……."

"내버려 둬. 어디나 전문가는 있게 마련."

"네, 그럼."

미스터 박이 바로 움직였다.

"그리고, 우는 게 아니라, 홰를 치는 거네."

"아, 네."

미스터 박은 식품 창고로 사라졌고 강 노인은 어깨를 으쓱했다. 그리고 자기 식구들을 거느리고 아침을 찾아 먹고 있는 수탉을 물끄러미 바라보았다.

"이런 뒤뜰이었단 말이지……."

강 노인은 푹 젖은 파자마를 끌면서 이슬이 뿌옇게 내린 뒤뜰을 천천히 걸었다. 그가 알던 이 집의 뒤뜰은 이렇게 넓지 않았다. 호두나무와 버즘나무 있는 곳까지가 원래 뒤뜰이었을 것이다. 아마도.

버즘나무 아래에서 강 노인은 발이 묶여 버렸다. 그는 목구멍이 신음으로 꿈틀거리는 걸 느꼈다. 너무나 오랫동안 깊이 숨어 있던 아픔이라 그도 어찌할 수 없는 감정이 뒤틀려 올라온 것이다.

유난히 굵직하게 뻗어 나간 저 나뭇가지가 아직도 있다. 오래전 그날보다 더 굵어진 채. 주인집 딸을 위해서 아버지가 그네를 매달던 가지. 그때도 저렇게 튼튼했다면 아버지가 떨어지는 일 따위는 없었을 텐데.

"쓸데없이……."

강 노인은 고개를 저으며 천천히 걸었다. 이따위 감상에 빠지는 걸 조심해야 한다. 뒤통수의 덩어리 씨나 좋아할 잡생각.

호두나무를 지나자 완만하게 비탈진 숲이 한눈에 들어왔다. 그가 야금야금 사들인 집과 주변의 땅. 그리고 야산. 사들일 때마다 그는 새로 담장을 쳤고, 야산 주변에 철책을 둘러 사람들의 출입을 금했다. 그런데 구멍이 뚫린 것이다. 어이없게도 꼬맹이들한테. 대책 없는 닭들과 개한테. 모를 일이다, 누구나 들락거리고 있었을지도.

"완벽한 조치가 필요해."

다시 호두나무 밑으로 오던 강 노인의 걸음이 뚝 멎었다.

아까시나무 밑에서 자기를 빤히 쳐다보고 서 있는 여자애 때문이었다. 옆에는 같잖게도 언제든 공격할 수 있다는 듯 잔뜩 긴장한 강아지도 있었다.

가겟방에서 본 유리였다. 어깨끈이 달린 빨간 치마에 빨간 장화를 신고 작은 바구니를 든 모습이었는데, 혹시 잘못 본 게 아닌가 싶어 강 노인은 눈을 찡그렸다. 간밤에 바람이 불었는지 아까시나무 꽃이 하얗게 떨어져 있었다. 그 속에 오도카니 서 있는 쪼끄만 여자애가 강 노인 눈에는 언뜻 그림처럼 보였다.

망망망.

강아지가 먼저 정신 들게 하였다.

"할아버지, 안녕하세요?"

유리가 무릎을 까딱하며 인사했다. 목소리가 어찌나 또랑또랑한지 강 노인은 잠시 멍해졌다.

할아버지. 누가 자기를 그렇게 부른 건 맹세코 처음이다. 그 스스로 자기를 할아버지라고 생각한 적 없거니와 그렇게 부를 아이도 주변에 없었다.

뒤뜰에 몰래 숨어든 아이다. 덜미를 잡아 부모에게 끌고 갈 수도 있고, 전문가를 시켜서 법대로 처리하라고 할 수도 있다. 그런데 그러기에는 너무 어리다. 게다가 당당하기까지 한 저 표정이라니.

"왜 여기 있어요?"

어이없게도 되레 묻는다.

"너는 어째서 여기 있지?"

"달걀 가져가려고요. 오늘은 넷. 할아버지는 왜 여기 있는데요?"

그제야 강 노인은 유리가 들고 있는 바구니를 보았다. 진짜 달걀이 들어 있었다. 새벽마다 기상나팔을 불어 대는 수탉과 암탉들의 알이 분명하다.

암탉 한 마리가 근처에서 구구거리는 게 왠지 달걀 때문인 듯했다. 본능적으로 제 알이 어디 있는지 아는 모양이었으나 강아지 때문에 더는 다가오지 못하는 게 좀 안돼 보였다.

강 노인은 목을 똑바로 하고 딱 부러지게 말했다.

"내가 여기 주인이니까."

"우아!"

아이 표정이 뜻밖이었다. 놀라거나 겁먹기는커녕 눈과 입이 활짝 벌어진다. 생각지도 못한 걸 발견한 듯이.

"거인이 아니네요!"

강 노인 눈썹이 꿈틀했다. 이 집이나 집주인을 두고서 사람들이 이러쿵저러쿵하는 것까지 그가 알 수는 없었다.

"다행이다. 그런데 지금은 가야 해요. 아침에는 바쁘잖아요."

유리가 또 무릎을 까딱했다.

"버선아, 가자!"

"이것 봐. 얘야!"

강 노인 말 같은 건 들리지도 않는 모양이었다. 유리는 치맛자락과 머리카락을 나풀거리며 빽빽하게 자라난 쥐똥나무 울타리 쪽으로 뛰어갔다.

강 노인은 얼굴을 잔뜩 찡그린 채 성큼성큼 유리를 따라갔다. 어딘가에 개구멍 같은 게 있을 테고 그걸 막아 버리면 일은 간단히 정리할 수 있다.

유리가 멈춘 곳은 어느 모로 보나 제대로 된 울타리였다. 하얀 꽃으로 뒤덮인 울타리. 개구멍 따위라고는 없었다. 그런데 촘촘한 나뭇가지 사이에 널빤지 같은 게 끼워져 있고, 거기에 손잡이까지 달려 있는 게 아닌가. 손잡이를 옆으로 밀자 딱 아이 몸 하나가 빠져나갈 만한 틈이 벌어졌고, 유리는 어렵지 않게 거기를 빠져나갔다.

"허어, 이런!"

강 노인은 이를 앙다물고 널빤지를 살펴보았다. 그건 거기에 그냥 끼워 둔 게 아니었다. 쥐똥나무 가지에 철사로 고정한 제법 그럴듯한 문이었다. 오래 고정돼 있었는지 나뭇가지와 구별도 안 되고 세로로 끼워져서 언뜻 봐선 알아차리기 어려운 장치였다. 손잡이를 힘주어 젖히면 나뭇가지들이 아코디언 주름처럼 밀려나면서 틈이 생기는 교묘한 문.

"아주 용의주도하게 들락거렸군!"

갑자기 꽃가지가 흔들리고 향기가 훅 일면서 틈이 벌어졌다. 그리고 유리 얼굴이 다시 나타났다.

"자요."

틈으로 쏙 들어온 작은 손에 달걀이 하나.

"선물."

강 노인은 얼떨결에 그걸 받았다. 그러자 손이 금방 빠져나갔는데, 문이 너무 빨리 닫혔는지 짤막한 비명 소리가 났다. 강 노인은 자기도 모르게 손잡이를 밀었다. 탄력적이면서도 어렵지 않게 틈이 벌어졌다. 문짝에 찧은 손등을 호오 불면서 유리가 아직 거기에 서 있었다.

"괜찮아요."

아프면서도 웃는 유리를 강 노인은 멍하니 바라보았다. 머릿속에는 '남의 집에 이렇게 함부로 들락거리면 안 된다'라는 경고가 떠올랐지만 아무 말도 못 했다. 초승달처럼 가늘

어지게 웃는 아이의 눈 때문에.

그렇다고 그가 꼬맹이의 눈웃음에 넘어갔다는 건 아니다. 그런 일이 처음이라 당황했을 뿐이고, 심지어 나중에는 불쾌하기까지 했다.

"맹랑하게……."

강 노인은 교묘한 문짝을 노려보고 휘적휘적 걸어갔다. 그런데 달걀이 영 거슬렸다. 미지근한 온기가 남아 있는 게 자꾸만 신경 쓰이는 것이다. 아이의 온기인지 생명 자체의 온기인지, 그 무엇이든 간에 그는 그것을 계속 들고 있기가 민망했다. 냉장고에서 꺼낸 달걀과는 본질적으로 다른 것이라.

잡초 무더기 속을 기웃거리는 암탉을 보자마자 강 노인은 미련 없이 달걀을 돌려주었다. 말끔한 해결이다. 분명히.

당돌한 녀석

"내일은 일요일이지만, 직원이 오전 열 시까지 갈 겁니다."

미스터 박의 말에 강 노인은 눈살을 찌푸렸다. 내일은 일요일이지만, 이라는 말이 거슬렸다.

울타리 관리 부실이 드러난 마당이다. 당장 달려와 문제를 해결하겠다 해도 모자랄 판에 일요일 운운하다니. 그러나 너무 시시콜콜 따지는 건 체면에 어긋날 일이다. 아무리 부리는 사람이라지만 주말도 없이, 밤낮없이 일하기를 바라는 것도 무리다. 시대가 달라지지 않았나. 참을성이 필요하다.

"계약 불이행에 따른 조치일세."

"물론이죠. 추가 요금 청구서 같은 건 없을 겁니다."

강 노인이 먼저 전화를 끊었다.

요즘 들어 이상하게 미스터 박이 못마땅하다. 일 처리가 분명치 않고, 따지는 것 같은 말투에다 뭘 숨기는 게 분명한 표정까지.

"아무래도 신경과민이지."

사실 아침부터 강 노인은 신경이 좀 날카로워져 있었다. 아이들 때문이다. 기상나팔 불어 대는 수탉도 모자라 오늘은 아이들까시 뒤뜰에 몰려와 있는 것이다.

"기껏해야 동네 조무래기들이야……."

호흡을 조절하며 천천히 거실을 돌아다녔다. 팔걸이마다 호랑이 머리가 조각된 소파들을 지나고 박물관에나 있어야 할 것 같은 전축을 지났다. 여러 나라에서 들여온 장식품들이 진열된 기다란 콘솔을 지나고, 창가에 검은 덩어리처럼 놓인 피아노를 지나고, 마치 벽에 붙어 버린 것 같은 거대한 책장을 지나고.

벽 구석에 세워진 괘종시계 앞을 지날 때 '데엥' 소리가 났다. 이 시계는 매 시각 종소리를 내는 것은 물론 십오 분마다 한 번씩 또 소리를 낸다. 자기가 여전히 괜찮은지 확인해 보려는 것처럼.

"한 시간 뒤에 출발해야 해. 그런데 저것들을 저대로 두고
서?"

머리가 지근지근. 한숨도 포옥 나왔다.

오늘부터 마을 도서관에서 기타를 배우기로 했다. 개인 지
도를 받을까 하다 마음을 바꾸었다. 이미 뻣뻣해진 손가락
사정도 있고, 까짓 기타 때문에 지진아 취급 받기도 싫어서
여러 사람 속에서 천천히 시작하기로 했다. 자기에게 예술적
소질이 없다는 걸 너무나도 잘 아는 터라. 어차피 한 곡만 능
숙하게 칠 줄 알면 된다. 자신을 위한 단 한 곡.

그가 마음을 다스리며 오락가락하는 동안에도 뒤뜰에서는
끊임없이 아이들 소리가 들려왔다.

"하아, 참! 집주인이 있는데도 울타리를 넘어온단 말이지.
뻔뻔하고 당돌한 녀석들! 버르장머리라고는 눈곱만큼도 없
는 녀석들! 저 부모들은 도대체 어떻게 생겨 먹은 거야……."

강 노인은 잠시 걸음을 멈추고 숨을 크게 들이마셨다가 내
쉬었다.

"이봐, 덩어리 씨. 혹시 말야, 지금 고소해하고 있나?"

다시 크게 숨을 내쉬었다.

"그렇겠지! 자네는 내 스트레스를 먹고 사니까."

강 노인은 현관에 세워진 거울 앞으로 가서 자기 표정을 살펴보았다. 미간의 주름살이 깊어진 것 같아서 얼굴 근육을 풀었다. 머리도 매만지고 앞뒤 모습을 비추어 본 뒤에 뒷짐을 지고 뒤뜰로 갔다.

되도록 소리가 나게끔 문을 열어젖혔다. 그리고 꼿꼿한 자세로 걸어가며 아이들 하나하나를 정확하고 신중하게 바라보았다. 그러면서 중얼거렸다.

"흥분하지 말 것. 골치 아픈 문제는 전문가에게."

그는 문제가 심각할수록 말을 아끼는 사람이다. 그러면 대부분은 저쪽에서 눈치를 보며 해결책을 찾는다. 전문가들도 그렇게 다루었는데 애들쯤이야.

아이들은 버즘나무에 원숭이처럼 기어오르거나 매달리거나 거기서 뛰어내리는 중이었다. 어쩌나 시끄럽게 구는지, 청설모가 상수리나무에서 감히 내려오지도 못할 정도였다. 누가 뛰어내리기라도 할라치면 수탉은 화들짝 놀라 달아났고, 나무 밑에서 암탉들을 살피던 고양이도 움찔 물러났다.

강 노인을 맨 먼저 알아차린 아이는 피엘이었다. 피엘은 나무에 오르려다 말고 강 노인을 보았다. 나뭇가지에 매달렸던 아이도 강 노인을 보자 맥없이 떨어졌다. 강 노인을 못 본 상훈이만 타잔 같은 소리를 내지르며 사뿐히 뛰어내렸다. 겁도 없고 부드럽고 가벼운 몸이다.

공기 같군, 하고 강 노인은 생각했다.

강 노인이 뒷짐을 지고 떡하니 버티고 서서 쳐다보는 게 아이들로서는 께름칙한 게 당연했다. 여기가 남의 집이라는 것도, 들어오면 안 된다는 것도, 자기들이 몰래 숨어들었다는 것도 충분히 알기 때문이었다. 하지만 강 노인의 정체를 모르는 상태라 도망칠 생각 같은 건 하지도 않았다. 다만 여기서 낯선 어른을 보는 게 익숙하지 않아 경계할 수밖에.

"혹시, 할아버지가 거인이세요?"

피엘이 고개를 갸웃하며 물었다. 집주인이냐고 물으면서도 믿지 않는 태도.

강 노인 눈썹이 꿈틀했다. 유리도 거인 어쩌구 했었다. 어째서 거인일까.

"그래요? 경고판에 적힌 주인 백씨예요?"

다른 아이도 물었다. 뒤늦게 강 노인을 본 상훈이가 어기죽거리며 다가오더니 감정이라도 상한 듯한 표정으로 강 노인을 훔쳐보았다. 언제고 된통 혼꾸멍내고 싶은 녀석이다.

"그럴 리 없잖아. 여기 주인은 크리스티앙 강 헌터랬어."

강 노인은 속이 뜨끔했다.

"백씨가 아니고?"

"외국 사람이 주인이야. 우리 아빠는 틀린 말 안 해. 알지?"

삐딱한 시선과 볼멘소리에 강 노인의 신경이 바짝 곤두섰다. 처음 볼 때부터 보통내기가 아닌 줄 짐작은 했다. 그런데 이제 보니 그 정도가 아니다. 어린것이 노인을 상대로 기 싸움이라도 할 기세 아닌가.

불량하기 짝이 없는 태도지만 자기 아버지를 내세우는 품은 뜻밖이었다. 중요한 게 빠져나간 듯 멍해 보이던 부동산 남자에게 저런 아들이 있는 것이다.

"피엘, 너 올라갈 차례야. 이제 한 단계 위다."

상훈이가 피엘 어깨를 툭 쳤다.

강 노인의 볼이 부르르 떨렸다. 어린것에게 이런 무시를 당하다니.

뭘 어떻게 해야 할지 판단이 서지 않았다. 내가 바로 크리스티앙 강 헌터라고 해 봐야 믿지도 않을 테고, 남의 집에 무단으로 침입하는 건 범죄라고 해 봐야 통할 것 같지도 않고, 무례하게 굴었으니 뒤탈이 있을 거라고 협박할 수도 없다. 솔직한 마음은 뒤통수를 갈겨 주고 싶을 뿐. 성질대로 하던 장 영감이 차라리 부러웠다. 그러나 그는 꽤 오랫동안 점잖게 살아온 사람이었다.

이대로 돌아서는 것도, 사람 좋게 표정을 푸는 것도 불가능하다. 이 사태를 어떻게 수습한단 말인가. 차라리 나오지 말걸. 그가 지금 할 수 있는 거라고는 굳건히 버티고 서서 눈을 부라린 채 상훈이를 쏘아보는 일뿐이었다. 어찌나 눈에 힘이 들어갔는지 눈물이 다 나올 지경이었다.

"아냐, 난 그만할래. 숙제 해야지."

피엘이 먼저 물러났다.

다른 아이도 머리를 긁적이며 뒷걸음질 쳤다.

같이 싸워 줄 편에게 배반이라도 당한 것처럼 상훈이 얼굴이 일그러졌다. 그러나 곧 턱을 쳐들더니 기어이 한마디 하고 돌아섰다.

"쳇! 혼자 놀면 무슨 재미야!"

순간 강 노인은 심장이 날카롭게 찔리는 것처럼 아팠다.

무서워서 피하는 게 아니라는 저 오만한 태도. 입꼬리가 묘하게 비틀리며 턱을 쳐드는 저 모습. 저 반지르르한 뺨. 잠깐이었지만 상훈이의 그 말투와 태도는 강 노인의 모든 신경을 건드렸다. 아주 오래전, 어떤 여자애가 꼭 저런 모습으로 자신을 수치스럽게 만들곤 했다.

상훈이는 자기가 무슨 짓을 했는지 생각도 못 할 테지만 강 노인은 달랐다. 가장 아픈 자리를 덮고 있던 딱지가 느닷없이 뜯기는 듯한 충격을 받았다.

"우웁……."

어금니를 깨무는 강 노인 얼굴에 경련이 일었다. 어느 누구도 강 노인 앞에서 저토록 오만하게 굴지 못한다. 그가 용납하지 않았기 때문이다.

강 노인을 모욕하고 수치스럽게 만든 사람은 오래전 그 여자애 하나뿐이었다. 그가 평생 이기는 것을 목표로 살아온 데에는 그 아이의 영향이 컸다고 할 수 있다. 그는 지기 싫었고, 지지 않았기 때문에 어린 시절의 상처도 그럭저럭 덮어 두고 살 수 있었다. 조금 전까지는 그랬다.

아이들은 어깨를 툭툭 치거나 엉겨 붙기도 하면서 울타리까지 갔고, 조금도 거리낌 없이 거기를 빠져나갔다. 마치 자기 집 대문을 열고 나가는 것처럼.

뒤에 남은 강 노인은 그저 주먹을 부르르 떨 뿐이었다. 기타고 뭐고 다 집어치우고 당장 여기를 떠나고 싶었다. 가슴이 허물어지는 것 같은 모욕감에 다리가 다 휘청거렸다.

"설마, 판단 착오를 한 거야? 내가?"

강 노인은 간신히 호두나무까지 가서 돌무더기에 주저앉았다. 위엄이고 체면이고 다 땅에 떨어져 버린 이 상황이 믿기지 않았다. 이게 무슨 꼴인가. 도대체 나이를 어디로 먹었고, 그 숱한 어려움을 해결해 온 세월은 다 뭐란 말인가.

"아아, 이런……."

강 노인은 어깨를 늘어뜨린 채 집과 뜰을 둘러보았다.

여기라서 이럴 수밖에 없는 것일까. 더없이 초라하고 비참한 기억이란 어쩔 수 없는 것인가. 어떤 위엄도 여기서는 그저 껍데기에 불과한가.

여기를 사들이고, 장식품 하나까지 고스란히 남겨 둔 것은 어린 시절 자신을 위해서였다. 창고 방에서 주눅 든 아이를 본채로 불러들이고 보상해 주고 싶었다. 그런데 상훈이라는 악동이 그 가엾은 아이를 아프게 깨워 버렸다.

동네 아이들의 놀림감. 창문도 없는 창고 방에서 쥐처럼 살던 아이, 다른 아이들은 모두 드나들 수 있는 뒤뜰에 금지당한 아이. 뒤뜰에 오려면 공주에게 절하듯 고개를 숙이라던 주인집 딸. 그 애의 그네를 매 주다가 나무에서 떨어진 뒤에 앓다가 세상을 떠난 아버지. 잠자리에서 안아 주는 것밖에

할 수 없던 아버지였다. 그 모든 아픔을 고스란히 간직한 아이가 깨어나고 말았다.

"아아……."

강 노인은 두 손으로 얼굴을 감싸며 고개를 떨구었다. 차가운 밤바다에 버려진 것 같던 오래전 감정이 아직도 이렇게 생생할 줄이야. 울지 않으려고 얼마나 버티었던가. 낯선 나라에서 다르게 생긴 형제들에게 지지 않으려고 얼마나 이를 악물었는지 모른다. 울지 않으려고 아버지도 잊었다. 초라하고 수치스러웠던 그런 날은 아예 덮어 버렸다.

사실 상훈이가 뭘 알고서 그랬을 리 없다는 걸 강 노인도 모르지 않았다. 그러나 머리가 이해해도 가슴에서 걸리는 문제들이 있는 것이다. 이건 강 노인 자신의 문제였다. 어린애의 한마디에 자존심이 바닥까지 무너져 버릴 수도 있는 내면의 문제. 아무리 초라했어도 어린 시절은 잠깐이었고 거의 평생을 부유하게 살았다. 성공한 사람으로 인정받으며. 그래서 다 괜찮아졌다고 믿었다.

강 노인은 나무를 짚고 일어나 천천히 집 안으로 들어갔다. 절망과 후회로 무너지는 몸을 간신히 이끌고서.

"김 박사가 옳았던 거야. 여기로 오는 게 아니었어……."

헐거운 슬리퍼가 벗어지고 겉옷이 벗겨지고 바지가 흘러내리는 줄도 모른 채 그는 유령처럼 집 안으로 들어갔다. 그리고 침대에 웅크렸다. 의지할 데를 잃어버린 어린애처럼. 마치 그 옛날 아버지의 죽음과 함께 어둠 속으로 던져지던 그때처럼.

온몸에 식은땀을 흘리며 그가 할 수 있는 일이라고는 침대 머리맡의 빨간 버튼을 누르는 것밖에 없었다. 위급한 상황에서 모두를 호출하는 장치. 그것을 이렇게 일찍 누르게 될 줄 몰랐다. 그 사실이 그를 더 절망에 빠뜨렸다.

희미해지는 의식 끝에서 그는 애타게 중얼거렸다. 울지 않으려고 목구멍으로 삼키고 삼켜야만 했던 이름.

"아……, 아버지……."

뒤뜰로
첫 나들이

너무 고요하다. 세상이 멈춘 것 같다.

눈을 깜빡이니 움직여진다. 싱긋 웃음이 나왔다.

"살아 있으니 걱정 마시게."

김 박사가 시큰둥하니 말하고 창문을 열었다.

햇살. 신선한 공기가 천천히 밀려드는 걸 느끼며 강 노인은 그동안 무슨 일이 있었을지 가늠해 보았다.

비상 버튼을 눌렀었다. 보나 마나 미스터 박과 김 박사를 비롯해 회사 경영진이 죄다 몰려왔을 것이다. 어쩌면 변호사까지. 비상 버튼의 역할은 그런 것이다. 위급 상황. 최악의 경우 강 노인의 마지막 신호일 수도 있는 장치. 그렇게 정한 사람은 강 노인 자신이었다. 그런데 너무 일찍 써먹은 기분이다.

"일으켜 드릴까요?"

미스터 박이 다가왔다.

"내가 환자로 보이나?"

강 노인은 천천히 일어나 앉았다. 경쾌한 새소리가 잠에 붙들려 있던 그의 신경을 말끔하게 해 주었다. 아직 여기 있어서 나행이다.

"밖에 누가 와 있나?"

"거의 모두."

"별일 아니라고 하게."

"그렇지만, 꼬박……."

"아직 내 카드가 써먹을 만하니 돌아가야지. 버튼을 누른 건 실수였어. 나중에 좀 위쪽으로 옮겨 달게. 잘못 누르기 딱 좋은 자리 아닌가."

미스터 박이 고개를 까딱하고 나가려는 걸 그가 다시 불러 세웠다.

"다들 뭘 타고 왔지? 설마 거들먹거리고 나타난 건 아니겠지? 나도 저 아래서부터 계단으로 걸어왔다는 걸 다시 일러

두게."

"상황이 상황인지라, 박사님 말고는 모두 승합차로 같이……. 걸어서 올 상황은 아니었습니다."

강 노인은 그만 나가라는 손짓을 했다.

미스터 박이 말했다.

"관리 업체 직원은 오후에 다시 오라고 했습니다만, 원치 않으시면."

강 노인은 고개를 끄덕이며 생각했다. 이들에게 어제 일은 버튼이 작동된 것 이상은 아니었구나, 하고. 오전 약속이 오후로 미루어지는 정도일 뿐. 아무리 절박해도 자신의 문제는 오롯이 자신의 것이었다.

나가려다 말고 미스터 박이 덧붙였다.

"아, 오늘은 월요일입니다."

맙소사! 그게 벌써 그저께 일이란 말인가. 꼬박 이틀이나 자다니. 이건 자고 일어났다고 할 수 없는 일이다. 죽었다 깨어난 것이지. 개꿈 한 조각도 떠오르지 않으니 그야말로 저승에라도 다녀온 것인가.

"여전히 고약해. 자기 원칙을 왜 남에게까지 강요하나. 나는 절대로 이 노구를 이끌고 천몇 개나 되는 계단을 걸어서 올라오지 않을 거야. 환자보다 내가 먼저 갈걸."

김 박사가 혀를 찼지만 강 노인은 잠자코 창밖을 바라보기만 했다. 사람들이 떠나는 소리가 어렴풋이 들려왔다. 아직 절망하기는 이르다. 어쨌거나 한달음에 달려와 준 이들이 있지 않은가. 진정으로 걱정했든, 어떤 자리가 탐나서 혹시나 하고 왔든 간에.

"뜻밖이야. 난 내가 눈 뜨면 어느 요양소에 있을 줄 알았네."

"허락도 없이 그럴 수 있나. 당신이 그리 호락호락한 환자도 아니고. 사실은, 좀 두고 보자 싶었네. 검사 결과, 여러 수치가 양호해요. 지내기에 괜찮은 곳이라는 생각이 드는구먼. 적당히 산책 같은 걸 한다면 더 좋겠지. 자네 송과체는 햇빛에 자극될 필요가 있어."

김 박사도 늙었나 보다. 듣기 좋은 소리만 골라서 하니. 어쩌면 남은 시간이 얼마 없는지도 모른다. 치료보다 위로가 더 필요해진 상황. 여기로 오던 날부터 뭐 하나 순조롭지 않았는데 검사 결과가 양호할 리 있나. 뒤뜰의 골칫거리들이 얼마나 스트레스를 일으키는지 알고도 저렇게 말할까.

"이봐. 자네는, 아이들이 뭐라고 생각하나?"

김 박사는 대답 대신 강 노인을 물끄러미 바라보았다. 그는 고집스럽고 까다로운 이 사람이 어쩐지 좀 달라졌다고 생각하는 중이었다.

"아직 병들지 않은 사람들이지."

의사다운 농담이었다. 그러나 그도 강 노인도 웃지 않았다.

침묵이 흘렀다.

"자, 말해 보시지. 그렇게 물은 건 자네 이야기를 하고 싶어서가 아닌가?"

"내 머리 꼭대기에 있다고 착각하지 말게. 난 그렇게 단순하지 않아."

"그러고 싶지도 않아. 어지간히 복잡한 인간이라야 말이지. 그래서 자넨 애들을 뭐라고 생각하는데?"

강 노인은 한숨을 포옥 내쉬고 중얼거리듯 말했다.

"천국에서 쫓겨난 천사들."

"허허! 아주 고약스러운 비유네. 그 소리, 공격당할 수 있는 발언이야."

"내 주변의 아이들은 하나같이 사악한 면이 있어. 착하다거나 순수하다는 말만으로는 안 되는 기질들이 있다고. 어렸을 때 나를 포함해서."

"그럼 우리는 뭔가? 어른들은?"

"천국마저 까먹은 천사들 아니겠나. 돌아갈 곳도, 날개도 잃어버린 늙은 천사들. 참 가엾게도."

김 박사가 목구멍으로만 웃는 소리를 냈다. 그는 다음 말을 기다렸으나 강 노인은 더 말하지 않았다.

사실 강 노인은 하고 싶은 말이 있었다. 하지만 차마 꺼내지 못했다. 어떻게 어린애를 미워하게 됐다고 말할 수 있겠나. 절대로 용서하고 싶지 않은 녀석이 하나 생겼다고.

"졸리면 그냥 주무시게. 난 돌아갈 테니."

김 박사가 그냥 있으라는 손짓을 하며 나갔다.

약간 구부정해진 그의 뒷모습이 강 노인은 조금 안쓰러웠다. 이십 대에 만나서 지금까지다. 노구를 이끌고 달려와 준 친구. 그 친구가 자신을 위한답시고 무슨 짓을 한 게 분명했다. 문이 닫히는 것과 동시에 잠들어 버렸으니.

다시 눈을 떴을 때 남쪽 창에서는 햇살이 물러나 있었다.

강 노인은 누운 채로 가만히 천장을 바라보았다. 백만 년쯤 잠들었던 것처럼 아무 생각이 없다. 속이 텅 빈 것만 같고 몸이 움직여질 것 같지가 않다. 마치 갓난쟁이라도 된 느낌이

랄까.

초인종 소리가 난 듯했다. 관리 업체 직원이 오후에 방문할 거라던 미스터 박의 말이 생각났다. 천천히 침대에서 내려와 방바닥을 짚는데 우두둑 소리가 났다. 뼈다귀들이 놀라는 소리.

"정신들 차려라. 나랑 같이 더 버텨야 할 모양이니."

다행히 몸이 가볍다. 김 박사 능력인지 잠이 보약이었는지 몰라도, 몸이 깃털처럼 가벼운 게 한결 나아졌다. 엊그제 그 지독하던 감정도 웬만해지고.

그가 거실로 나가고 얼마 안 되어 현관으로 낯선 남자가 들어섰다. 강 노인은 눈살을 찌푸렸다. 어떤 집의 대문도 초 인종만 눌러서는 열 수 없다. 미스터 박이 아직 돌아가지 않 았다는 뜻이다. 여기가 그만의 공간이라는 걸 그렇게 누누이 말했건만.

낯선 남자는 정중하게 명함부터 내밀었다. 상대가 누구인 지 아는 듯 태도도 말투도 조심스러웠다.

강 노인은 잠자코 앉아서 남자의 말을 기다렸다. 이 집과 관련해서는 그가 전문가이고 문제의 답도 가져왔을 테니. 어 수룩해 뵈는 남자는 다소 긴장한 듯했으나 침착하게 말을 꺼냈다.

"울타리 개구멍에 대해,"

강 노인과 남자의 눈이 잠깐 마주쳤다. 진지하고 긴장된 자리에서 개구멍이라는 표현이 왠지 저속하고 장난스럽기까지 했다.

"네, 그 문제에 대해 완벽한 해결책을 원하신다고 들었습니다. 말씀드렸다시피, 저희가 계약을 위반하지 않은 건 분명합니다. 나만, 외부 침입을 완벽하게 막아야 하신다면 방법은……."

강 노인은 오른쪽으로 기대 있던 몸을 왼쪽으로 기댔다. 그저 자세를 바꾸었을 뿐인데 머리가 살짝 벗어진 남자는 강 노인의 눈치를 한 번 살폈다.

"아시다시피 전체 넓이가 상당합니다. 산을 빙 둘러 울타리가 있지요. 거기에 인접한 동네만 해도 여섯 군데나 되구요. 사방에서 이 버찌산을 보자면 말입니다."

강 노인은 신음했다. 이 남자가 자기 직원이 아니라서 다행이다. 그랬으면 당장 해고 감이다. 요점은 없고 말이 많다. 그래도 쓸 만한 정보는 있었다. 버찌산. 그는 이 작은 산에도 이름이 있다는 건 몰랐다.

"하고 싶은 말이 뭔가?"

남자가 긴장했다. 강 노인의 말꼬리가 신경질적으로 들렸기 때문이다.

"목책기입니다."

강 노인의 눈썹이 찌그러졌다. 그 말을 몰라서가 아닌데 남자가 단호하게 설명을 덧붙였다. 유감스럽다는 표정으로.

"전기 철조망을 둘러치는 겁니다."

순간 전기가 흐르는 듯한 긴장감이 돌았다. 강 노인은 이런 해결책을 들고 온 남자가 못마땅했다. 말투와 태도는 정중해 보이지만 감정을 숨기고 있는 게 느껴진다. 계약 위반이 아닌데도 따지고 들어서일까. 목책기 설치하는 비용을 흥정하려는 걸까. 그것도 아니면 거래를 끝내겠다는 의도인가.

"알았소. 다음 이야기는 미스터 박이 전할 거요."

남자가 일어나서 고개를 살짝 숙였다. 그는 현관을 나가기 전에 강 노인을 다시 보았다.

"울타리를 정밀 조사 하면서 일단 개구멍에 대한 조치를 하겠습니다. 저어, 괜찮으시다면, 결과를 말씀드리러 다시 찾아봬도 될까요?"

강 노인은 그를 잠자코 바라보기만 했다. 남자는 아무 대답도 듣지 못한 게 아쉬운 듯한 기색이었지만 그냥 돌아갔다.

"전기 철조망? 저자가 나를 범죄자로 만들 셈인가. 그러고도 다시 보자?"

그걸 설치하는 게 범죄일 리는 없다. 그러나 대개 야생 동물 막자고 쓰는 걸 사람을 막는 목적으로 설치하는 건 여러 면에서 내키지 않는다. 전기 철조망 안에 산다는 것도 끔찍한 일이고.

울타리 조사 결과를 받아 두게.

강 노인은 메모지를 탁자에 두고 뒤뜰로 갔다. 집 안 어딘가에 미스터 박이 있다는 걸 그는 알고 있었다. 아마 늘 그랬을 것이다. 말하지 않아도 어떻게 해야 하는지 아는 사람이 미스터 박이다.

김 박사가 산책을 하는 게 좋을 거라고 했다. 그게 아니라도 진작부터 뒤뜰을 돌아봐야겠다고 생각하던 참이다. 주인이랍시고 서류에 도장만 찍었지 사실 그는 여기에 대해서 잘 모른다. 뭐가 있는지, 어떻게 생겼는지, 꼭대기까지 가는 길은 있는지, 정확히 아는 게 없다.

뒤뜰을 한눈에 보기란 불가능하다. 산꼭대기까지 길이는 말할 것도 없고, 집을 둘러싼 울타리도 점점 넓어져 넓이를 알려면 직접 걸어서 확인해야 한다.

완만하게 비탈진 곳까지가 아이들이 들락거리며 노는 곳으로 보였다. 그 뒤부터는 잡목이 제법 우거졌고 경사진 굴곡들이 상당하다. 그래도 길이 나 있는 것으로 보아 어떻게든 사람들이 들락거리는 게 분명했다.

인기척에 놀랐는지 잡목 숲에서 뭐가 후닥닥 달아났다. 토끼다.

"호오!"

놀랍고 신기하다. 여기가 야생 토끼들이 살 만한 곳일 줄은 생각도 못 했다.

바위가 길을 막기도 하고, 돌아서 갈 수밖에 없는 바위틈에서는 물소리가 났다. 물줄기가 흘러든 곳에는 작은 웅덩이가 있고 창포가 싱싱하게 자라 있었다. 게다가 그 속에는 뒷다리가 나온 올챙이와 우무질에 싸인 도롱뇽 알까지 있는 게 아닌가. 개구리 울음소리가 꿈이 아니었던 것이다.

"있을 건 다 있구먼!"

강 노인은 빙긋 웃으며 웅덩이를 들여다보았다. 이곳이 자기 소유라는 게 새삼 뿌듯했다. 감히 누가 뭐랄 것인가. 살아 남기 위해서 버티고 공부하고 경쟁해서 차지한 재산이다.

갑자기 상훈이가 떠올랐다. 진짜 주인이 누구라는 걸 아는 순간 어떤 표정이 될지. 맙소사. 그 꼬맹이를 상대로 진짜 뭐라도 할 셈인가. 나이 먹은 건 다 어쩌고 이따위 감정이 생기는지 모르겠다.

그만 돌아가야지 생각하면서도 강 노인은 자꾸만 산길을 올라갔다. 몸 상태가 좋지 않다는 걸 알지만 뭐가 더 있는지 궁금해서 돌아서지지가 않는 것이다. 그러다 보니 제법 높은 데까지 올라가고 말았다. 땀이 비 오듯 해서 등짝은 이미 다 젖었다.

꼭대기가 아닌데도 훤히 도시가 내려다보이는 자리에서 강 노인은 주저앉았다. 누워도 될 정도의 너럭바위였다.

"이거야 원! 내가 정신이 나갔군!"

가벼이 걷자던 게 등산이 돼 버렸다. 준비도 없이 여기까지 온 것이다. 손수건은커녕 물도 없이. 휴대 전화도 없다. 환자로 누워 있다가 겨우 일어난 주제에 이런 짓을 하다니. 슬리퍼로 어떻게 내려갈 것인가.

어떻게든 물이 있는 곳까지 내려가야 한다. 이러다 어두워지면 정말 곤란해질 거다. 여기 올라왔다는 걸 미스터 박이 안다는 보장이 없지 않은가. 거기까지 생각이 미치자 와락 두려움이 일었다. 하지만 한번 주저앉은 몸은 일어날 엄두를 내지 못했다.

"이봐, 강대수. 무슨 생각이었지?"

그는 얼굴을 세게 문지르며 정신을 가다듬었다. 그가 믿는 건 여기가 자기 땅이라는 것뿐. 그러나 서류 쪼가리가 이런 상황에 무슨 도움이 되나. 정신을 차릴수록 그는 자기가 무모하고도 감당할 수 없는 실수를 저지르고 말았다는 걸 더 확실히 깨달을 뿐이었다.

그때였다. 뒤쪽에서 인기척이 났다. 그는 감히 돌아보지도 못할 만큼 겁을 먹었다. 두려움은 나이와 상관없는 것이다.

"이봐요, 어르신."

강 노인은 천천히 돌아보았다. 등줄기가 서늘해진 채로.

"혹시, 이상한 생각 하는 거 아니죠?"

그렇게 말하는 사람을 강 노인은 뚫어져라 보았다. 여기서 만날 거라고는 상상도 할 수 없는 남자가 서 있다. 머리털이 곱슬곱슬한 흑인. 그런데 분명히 우리말을 했다.

신경이 곤두선 탓인지 머리가 재빠르게 움직였다. 노인네

가 혹시 밑으로 떨어질 마음이라도 먹었나 싶어 걱정하는 것
같다. 우리말을 하는 흑인. 그것도 아주 능숙하다. 혹시 피엘
의 아버지가 아닐까.

"같이 앉아도 돼요?"

그는 대답도 기다리지 않고 옆에 와서 앉더니 흙투성이 슬
리퍼를 보고 강 노인을 다시 보았다. 이쯤이면 머리가 이상
해진 노인네라고 여겨도 별수 없다.

"물 좀 드릴까요?"

역시 대답도 기다리지 않고 물병을 건넨다.

강 노인은 잠자코 물을 받아먹었다. 남이 입 대고 마시던
거지만 그걸 따질 처지가 아니었다. 그야말로 절실하게 목이
타던 참이었다.

"사는 게 참 어렵기는 하지요. 저도 그래서 저 꼭대기에 올
라갔다 오는 길입니다. 그렇게라도 안 하면 머리가 아파서."

아마 위로한답시고 꺼낸 말이었을 것이다. 그런데 역시나
또 거슬린다. 물까지 얻어먹었는데도. 아무튼 멋대로 여길 들
어온 사람이다. 그것도 어른. 짐작건대 처음도 아닌 것 같다.
이런 순간에도 그냥 넘어가지 못하는 자신이 어이없어서 강
노인은 부루퉁하니 대꾸했다.

"여기가 살기 어려우면, 돌아가면 되지 않소?"

"그게 맘대로 되나요. 가족이 있는걸요. 아들이 학교에 다녀요. 사 학년이죠."

역시 피엘의 아버지가 맞는 것 같다.

둘은 아래 도시를 잠자코 내려다보기만 했다. 이렇게 있다가 이 사람과 내려갈 수 있다고 생각하니 강 노인은 한결 마음이 놓였다. 피부색만 다르지 생각하는 거나 말투가 영락없는 여기 사람이다. 그것도 이웃. 이웃이라. 이 말이 떠오른 게 강 노인은 적잖이 놀라웠다.

"애 엄마는 여기 사람이오?"

"네, 저 아래서 미용실 해요. 원래 이 동네 토박이죠. 아버지 때부터 살았대요. 제가 싼 방을 찾아서 여기까지 왔다가 만났어요. 참 좋은 사람이죠. 그런데 이런 얘기 괜찮으세요?"

토박이, 아버지 때부터, 라는 말에 강 노인은 신경 하나가 탁 걸리는 느낌이었다. 가겟방 장 영감이 떠올랐다.

"누구한테든 이야기가 하고 싶었던 모양인데, 해 보시게."

"네. 그게, 아내한테도 좀……. 저 꼭대기에서 하늘에 대고 떠들고 싶었는데 못했어요. 그냥, 어떤 때는 모르는 사람이 더 편할 때 있잖아요."

"듣기만 해 달라?"

"죄송합니다. 아들 때문에요. 아들은 제가 창피한가 봐요. 아시잖아요. 피엘 같은, 제 아들이죠, 혼혈아를 애들이 어떻게 대하는지."

"흐음."

강 노인은 자기도 모르게 한숨을 쉬었다. 그걸 모르겠는가. 어려서 숱하게 겪은 일. 그는 혼혈도 아니고 동양 남자애였나. 쌀눈이라는 별명이 붙은.

"일일 교사라는 게 있대요. 수업 시간에, 선생님 대신 학부모가 수업하는 거죠. 보통은 전문 직업을 가진 엄마나 아빠가 한다는데, 그게……."

"창피하다고 아들이 오지 말랍디까?"

"아뇨. 아들은 아예 말도 꺼내지 않았어요. 반 아이들이 피엘을 뽑았답니다. 피엘 아버지가 일일 교사를 하면 좋겠다고. 저는 두 가지를 생각해요. 피엘이 공부를 잘하니까 아버지가 대단한 사람인 줄 알고 그랬나. 또 하나는, 혼혈아 아버지가 어떤지 한번 구경해 보자. 상훈이가 피엘을 마음대로 하는 것처럼 애들이 놀리려고 그랬나."

"아들한테 그러는 거 알면서도 가만둬요? 상훈이란 놈을?"

갑자기 강 노인 목소리에 힘이 들어갔다. 그걸 깨닫는 순간 강 노인은 헛기침을 했고 피엘 아버지는 씨익 웃었다.

"나쁜 애 아니에요. 아기 때부터 형제처럼 자라서 단짝인 걸요. 사실은 두 번째 짐작이 맞는 것 같아서 우울해요. 선생님은 제 직업이 디자이너인 줄 알아요. 상훈이가 그렇게 말해 버렸대요. 피엘이 창피해할까 봐 도와준다는 게."

"둘이 같은 반이오?"

"네. 상훈이 덕분에 일이 곤란해졌죠. 둘 중 하나는 거짓말쟁이가 되는 상황이니까요."

"실례지만, 무슨 일을 하시오?"

"결론은, 네, 그게 문제입니다. 저는 일일 교사를 할 만한 직업을……. 학원에서 영어를 가르쳐요. 전문 직업이라고 할 수 없죠. 수입도 뭐……. 여기서는 영어 가르치는 데도 피부색이 문제가 되더군요. 아무튼 이게 제 현실이죠. 아들이 말도 꺼내지 않는 게 당연해요."

"흐음."

강 노인은 또 한숨을 쉬었다. 사람에 대한 예의나 도리를 알면서도 함부로 대하는 분위기는 어디에나 있다. 아버지를 잃고 남의 가정에 끼워지면서 그가 뼈에 새겨지도록 겪은 일이다. 길거리, 학교, 또래 집단, 심지어는 선생님한테서까지.

딱 꼬집어 말하기 어렵지만 적은 집 안에도 있었다. 강 노인처럼 입양된 다른 피부색의 형제. 그는 또 다른 형제나 양부모에게 들키지 않고 강 노인을 괴롭히는 방법을 잘 알았다. 일이 어긋난 까닭에는 늘 입술로만 웃는 그 녀석이 있었다. 대학 시절까지 같은 아파트에 살면서 숙제든 일이든 강 노인 머리에 기대 살았던 기생충 같은 인물. 강 노인이 그곳 생활을 온전히 정리할 수 있었던 건 녀석 때문이라고 해도 과언이 아니다.

외롭고 가슴 아팠던 일들이 되살아나 강 노인은 몸이 떨렸다. 그만 내려가야 할 때다. 더 늦어지면 어두워지고 기어이 탈이 나고 말 것이다. 그러나 피엘 아버지는 하고 싶은 말이 많은지 일어날 생각이 없어 보였다.

"건축 디자이너였다면 이런 고민도 안 하겠지요. 아들도 자랑스러워했을 거고. 그때 조금만 더 참을 걸 그랬어요. 프랑스에서 올 때는 미래건설 디자이너였거든요. 미래건설은 저랑 안 맞았어요. 원칙적이고 융통성 없는 기업이죠. 아마 피엘은 저보다 잘 해낼 거예요. 걔도 디자이너 소질이 있어요. 보면 알지요."

강 노인은 피엘 아버지를 슬그머니 돌아보았다.

"인생은 참 알 수 없어요. 프랑스 사람이 영어를 가르치고, 아들 때문에 고향에도 못 가고, 여기서도 이방인이고."

이젠 뼛속까지 추위가 느껴졌다.

"아, 죄송합니다. 너무 제 생각만 했어요."

눈치를 챘는지 피엘 아버지가 강 노인을 부축해서 일어났다. 그러나 서로 의지해도 언덕을 내려가는 일은 위험하기 짝이 없었다. 강 노인 다리에서 힘이 빠져 버린 데다 슬리퍼가 큰 문제였다.

"저기 내려갈 때까지 신발을 바꿔 신는 게 좋겠어요."

피엘 아버지가 자기 신발을 벗어 강 노인의 발에 신겨 주었다. 그리고 자기는 양말 바람으로 강 노인을 붙잡고 조심조심 언덕을 내려갔다. 일을 이렇게까지 만든 자신이 한심해서 강 노인은 군소리 없이 따라야만 했다.

평평한 곳에 도착하여 신발을 도로 벗어 줄 때 강 노인은 고맙고 미안해서 차마 입을 떼지 못했다. 이런 호의와 배려는 평생 처음이었다.

"다음부터는 이런 차림 절대로 안 돼요. 집주인 고약하다는 소문 있던데, 도망이라도 가려면 신발이 튼튼해야죠. 하하

하."

"흐음."

그게 고작이었다. 강 노인으로서는.

"이제 혼자 가실 수 있죠? 저는 저쪽으로."

피엘 아버지가 인사처럼 고개를 까딱하고는 돌아섰다. 제대로 인사도 못 한 터라 강 노인은 좀 안타까웠다.

"자네가 드나드는 구멍은 그쪽인가?"

"하하, 여기는 살아 있는 곳이에요. 어디나 숨통이 열려 있죠. 더 내려가면 집주인이 볼지도 모르니까 이쯤에서 어르신도. 자, 그럼."

또 하나의
문

피엘이라는 동네 아이 아버지에 대해 조사하게.

미래건설 디자이너로 일한 경력까지.

강 노인은 메모지를 탁자에 놓고 뒤뜰로 갔다.

수탉의 기상나팔은 어김이 없다. 그래서 이젠 마음을 고쳐먹었다. 짜증 내다가 이를 가느니 늦잠을 포기하고 산책하기로.

"덩어리 씨를 자극해 봐야 나만 손해지."

인내심이 좀 필요할 것 같기는 하다. 이게 자신에게 좋은지 나쁜지는 알 수 없으나 수탉의 목을 비틀 수 없다면 적응하는 수밖에.

기상나팔수답게 수탉은 벌써 산책 중이었다. 가슴 내밀고 느긋하게 거닐다 주위를 살피는 본새가 영락없이 자기 영역을 확인하는 자세다. 강 노인이 서류상 주인이든 아이들이 자기들 세상인 양 떠들어 대든 상관없이 여기는 닭들의 터전이 분명하다.

"고것참, 볼수록 잘생겼어!"

강 노인은 고개를 끄덕였다. 낯선 사람의 시선을 알아채고 수탉이 경계하며 암탉들에게 가는데, 그 모습이 제법 가장다웠다.

살갗에 선득하게 닿는 아침 공기가 새롭다. 공기도 살아 있다는 걸 강 노인은 처음 느꼈다. 상수리나무 꼭대기 어디쯤에서는 청설모가 벌써 아침 먹이를 찾았는지 딱딱 소리를 내고, 새들도 아침 사냥에 분주하다.

이 하나하나의 새로움은 그의 가슴 깊숙이 차갑고 맑은 물방울이 떨어지는 듯한 느낌을 남겼다. 기쁨과 슬픔이 뒤섞인 감정이라 신중하게 침을 삼켜 눌러야만 하는 순간들. 그러지 않으면 깊은 속 어딘가에서 비어져 올라오는 뜨거운 것을 막지 못할 것이다. 목구멍에 걸리는 그것은 늘 아버지였다. 새로운 것에 놀라고 기쁠 때마다 그는 자꾸만 아버지를 불러

보고 싶어졌다.

강 노인은 곧장 연못으로 갔다. 산책이란 원래 천천히 느긋하게 하는 것이다. 하지만 연못의 올챙이와 도롱뇽 알이 궁금해서 유유자적할 수가 없었다. 만약 여기가 공개된 곳이었다면 당연히 점잖은 체면에 어울리는 행동을 했을 것이다. 그러나 그 자신만의 뒤뜰이고 지금은 이른 아침이다.

도롱뇽 알도 올챙이도 별로 달라지지 않아 아쉬운 마음으로 돌아서야 했다. 붓꽃의 첫 봉오리가 노랗게 솟은 것이며 물가에서 졸던 개구리가 놀라 물속으로 뛰어드는 게 그나마 위로가 됐다. 어이없게도 거꾸로 어린애가 된 기분. 그의 어린 시절은 이런 세계와는 너무 멀었다.

다섯 살 이전은 그리 기억나는 게 없다. 전쟁이 끝난 뒤였고 어떤 시설에서 낯선 아이들과 지냈다는 것뿐. 아버지가 그를 찾아왔고 그때부터 이 집의 창고 방에서 살았다. 그의 기억에 아버지는 허드렛일을 하다가 사고로 죽은 사람이다. 어떤 사람인지 알거나 느낄 시간이 없었다. 고작 오 년이었으니. 좋은 사람이지만 운이 아주 나빴던 남자라고 짐작할 뿐이다. 분명한 것은 그에게 공부나 경쟁에서 지지 않을 머리를 물려주었다는 사실.

창고는 주저앉을 듯한 모습으로 여전히 뜰 한쪽에 있다. 빼곡히 자라난 대나무에 둘러싸인 채.

집에 들어서자마자 그게 보여서 얼마나 우두커니 서 있었는지 모른다. 창고가 남아 있을 거라는 생각을 못 한 터라 가슴이 섬벅 베어지는 듯했다. 아마도 이 집의 창고로 근근이 쓰인 모양이고, 헐릴 위기에 매입되면서 '원래 상태를 유지하며'라는 계약 사항에 묶여 버렸으리라.

장화를 신었는데도 바짓가랑이가 흠씬 젖었다. 농사를 지어 본 적이 없는데도 농부가 된 기분이다. 지금쯤 부엌은 밥 냄새로 가득할 것이다. 밥 냄새는 충만함이다. 그에게는 그랬다.

강 노인은 시간이 흐르는 걸 잊고 일에만 매달린 사람이었다. 언제까지나 경쟁하고 이기는 사람으로 살 줄 알았다. 그러다가 정지선에 걸린 것이다.

머릿속에 혹이 생겼는데, 그게 제법 크다는 걸 알고 나서 강 노인은 문득 이렇게 살아 보고 싶어졌다. 대학생이 되어 독립했을 때 맨 먼저 장만한 게 전기밥솥이었다는 걸 생각해 낸 것이다. 따뜻한 밥이라는 걸 먹어 본 적이 없는데도 밥 냄새가 그리웠고, 덕분에 편안해질 수 있었다. 그때가 그리웠다. 자기에게 따뜻한 밥을 지어 주고 음악을 들려주고 즐거

움으로 웃게 하던 시절.

여기를 사들인 건 나머지 인생 따위와는 거리가 먼 불순한 의도에서였다. 복수심이라고 해도 좋을 것이다. 그러나 결국 여기로 오고 말았다. 이유는 간단하다. 단 하나의 가족이었던 아버지와 지냈던 유일한 곳이므로.

밤나무 아래를 지나는데 강아지 소리가 났다.

망망망.

"얌전아! 얌전아!"

유리 목소리도 들리고.

"또 들어왔군! 울타리 정밀 조산가 뭔가는 하고 있는 거야?"

그는 뒷짐을 지고 성큼성큼 걸어갔다. 투덜거리기는 했어도 처음처럼 어이없거나 성가시다는 감정은 아니었다. 그렇다고 눈감아 줄 생각도 없다. 이건 어디까지나 원칙과 질서의 문제이므로.

여기저기를 기웃거리던 유리가 또 무릎을 까딱하며 인사했다. 한 번 봤다고 이제는 경계하지도 않는다. 그러기는커녕 울 것 같은 표정이 뭘 일러바치기라도 할 모양새다.

"거인 할아버지!"

그 소리에 강 노인은 침을 꾹 삼켰다.

망망망.

강아지는 아직도 그를 경계했다.

"거인? 너희는 왜 나를 그렇게 부르지?"

유리가 찡그린 채 입술을 쭉 내밀었다.

"이렇게 큰 집에 살잖아요."

강 노인은 고개를 끄덕였다. 이유가 참 단순하다.

"근데요, 얌전이가 안 보여요. 분명히 얌체가 잡아먹었을 거예요. 얌체 고양이는 만날 그러거든요. 아주 못돼서 어미 닭들을 괴롭히고."

강 노인은 난처했다. 손녀는 고사하고 자식도 없는 처지다. 아이들이 이렇게 나오면 어떻게 해야 하는지 상상한 적도 없다. 얌전이는 뭐고 얌체는 또 뭔가. 들은 소리를 따져 보니, 얌전이는 암탉이고 얌체는 고양이다. 또 생각해 보니 고양이가 닭을 잡아먹기도 할 것 같다. 원래 그러는 거 아닌가.

"닭한테 이름을 지어 줬어? 네가? 고양이한테도? 왜?"

유리가 눈을 깜빡이며 고개를 갸웃했다. 그러고 보니 한꺼번에 너무 여러 가지를 묻긴 했다. 그렇지만 갑자기 그게 다 궁금했다.

"그게 왜요? 이름은 다 있어야 하잖아요. 나는 조유리. 할아버지는 거인. 얘는 호두나무. 수탉은 대장. 토끼는 겁쟁이. 고양이는 얌체. 고양이 나빴어!"

갑자기 유리가 소리를 꽥 질렀다. 딴에는 고양이에게 화를 내는 것이었는데 느닷없는 행동이라 강 노인은 깜짝 놀랐다. 아이들이 원래 이런 건지 이 꼬맹이가 특별한 건지 가늠이 안 된다.

"나는 아직 학교에 안 다녀서 병아리 못 샀어요. 내년에 살 거예요. 대장은 미호 언니가 샀구요, 어미 닭 중에 말썽이랑 꼬미는 상훈이 오빠가 샀어요. 원래는 더 많이 학교 앞에서 샀는데요, 병아리 때 죽었어요. 얌체가 그랬어요. 알록이랑 달록이랑 얌전이는 피엘 오빠가 태어나게 했어요. 처음에는 달걀이었는데 따뜻하게 해 줘서 병아리가 된 거예요. 근데 얌체가 또 그랬어요. 얌체 고양이! 나빴어! 내가 혼내 줄 거야!"

숨도 안 쉬고 말하다가 또 소리를 꽤액.

강 노인은 고개를 저었다. 또랑또랑한 목소리로 쉬지 않고 재재거리는 걸 듣기만 해도 숨이 차고, 무슨 말인지 다 알아듣기도 어려웠다. 유리 표정을 살피는 게 흥미롭기는 했다.

대충 내용을 정리해 보니, 닭들에게 주인이 있다. 그것도 여기를 들락거리는 아이들. 학교 앞에서 샀거나 달걀을 부화한 모양이다. 집에서 부화한다는 게 가능한지 몰라도. 아무튼 병아리들을 여기다 풀어 놓고 키우면서 아침마다 달걀을 챙기는 거다. 생각할수록 맹랑하다.

고양이 얌체를 욕하면서 유리는 덤불 속이며 울타리 근처를 기웃거리고 돌아다녔다. 아직도 암탉 얌전이에게 미련이 남은 것이다.

강 노인은 그런 꼬맹이를 물끄러미 구경하다가 멀찍이서 따라다녔다. 어슬렁어슬렁. 뭘 어떻게 해 주려는 게 아니라 그냥 그래야 할 것 같았다. 뭘 모르는 꼬맹이라고 해도 멋대로 들어와 돌아다니는 걸 그냥 놔두고 들어갈 수야 없지 않은가.

유리가 쓰러진 나무에 시무룩하니 걸터앉았다. 강 노인은 멈칫 서서 그만 돌아가 버릴까 생각했다. 만약 울기라도 하면 감당할 수 없을 것 같아서였다. 그런데 꼬맹이가 벌떡 일어나더니 작은 돌멩이를 가져다가 뭘 쿡쿡 찔렀다.

강 노인이 다가가 기웃거리자 유리가 종알거렸다.

"쓰러져서 다시 박았어요."

작은 나무 푯말이었다.

참나무가 곤파스에게 당했어요.

말하자면 참나무의 묘비명이었다. 웃음이 절로 나왔다. 정말 아이다운 상상력이다. 그는 김 박사에게 아이들이 천국에서 쫓겨난 천사들이라고 했다. 그건 아이들도 어른이나 마찬가지로 짓궂고 독한 데가 있다는 뜻이었고, 그건 바로 이 동네 아이들에 대한 그의 생각이었다. 예나 지금이나 변함없는. 그런데 이런 장면은 참으로 순수해 보인다.

"그것도 너희 생각이냐?"

"아니, 우리 할머니. 할머니 나무였는데 쓰러졌어요. 저기 저건 새끼 참나무. 저기도, 저기도. 할머니랑 우리가 심었는데 저만큼 자랐어요."

갑자기 가슴이 묵직해졌다. 할 말이 없어졌다.

유리 할머니라면 아까시나무 꽃으로 부침개를 부쳐 장 영감에게 줬다는 그 노인네다. 아직 못 봤지만, 보나 마나 그리 감정이 좋을 리 없는. 이걸 보니 꽤나 감상적인 구석이 있는 모양이다. 어쨌든 애들을 데리고 죽은 나무의 자손을 저렇게 심어 키운 걸 봐서는 교육적인 것 같기도 하고.

"할머니한테 일러야지. 얌체가 그랬다고."

유리가 또 무릎을 까딱하더니 바구니를 들고 타박타박 걸어갔다. 강 노인은 잠자코 서서 꼬맹이가 사라지는 걸 지켜보았다.

왠지 마음이 무겁다. 갑자기 여기가 다르게 느껴진다. 자기와는 다르게 움직여 온 세상. 아주 오랫동안 이곳을 관리하고 지켜 왔다고 믿었는데, 그가 전혀 몰랐던 내용이 이 안에 널려 있지 않은가.

강 노인은 나무를 하나하나 살피며 천천히 거닐었다. 그러고 보니 쓰러진 큰 나무들에는 어김없이 묘비가 세워져 있다. 어떤 나무에는 심은 사람 이름표가 붙어 있고. 기분 참 묘하다. 마치 남의 정원에 들어온 것 같다.

"흠, 할 일이 하나 더 생겼군. 내 나무 심기."

명색이 주인이다. 자기 뜰에 다른 사람들 이름표가 붙은 나무들만 있어서야 되겠나. 어린나무를 심고 이름표를 걸어 주는 상상만으로도 기분이 좋아진다. 나무가 자라는 걸 언제까지 보게 될지 모르지만.

"저건 또 뭐야?"

부드럽게 기울어진 언덕 밭이다. 갖가지 푸성귀가 자라고 있는 채마밭. 누군가 몰래 들어와서 가꾼 명백한 증거다. 이건 아이들과는 다른 침입이다. 무단 경작. 아예 농사까지 짓는 어른이라.

원칙과 법에 따라서 일을 처리해 온 사람이라 이런 상황이 강 노인은 혼란스러웠다. 감정도 덩달아 혼란스러웠다. 어이가 없으면서도 어리고 싱싱한 채소들이 신기하니 말이다.

"호오, 이게 상추로구먼. 이건 뭐지? 이건 또 뭐야? 전부 다르게 생겼어. 누군지 재배 능력이 좋군! 그런데 언제부터 이랬던 거야? 보고가 없었다는 건, 아주 오래전부터 이런 게 있었다는 뜻이야? 무단 경작은 분명한데, 그럼 이 상추 권리는 누구한테 있지? 나야? 아니면 무단 경작자? 이거야, 원……."

미스터 박에게 시킬 일이 또 생겼다.

그는 텃밭을 신중하게 둘러보고 돌아섰다. 도대체 누구 작품인지 확인하고 확실히 짚고 넘어가야 한다. 눈치껏 들락거리는 수준을 넘어섰으니. 엄중한 경고는 물론이고 계속할 수 없게끔 조치를 취해야 할 것이다.

여기는 도심의 작은 산. 조용해 보이지만 결코 조용하지 않다. 걸음을 옮기는 곳마다 뭔가를 발견하게 된다. 그게 골치 아픈 문제든 놀라운 광경이든 간에. 피엘 아버지 말마따나 살아 있는 곳. 어디나 숨통이 트여 있는 곳.

"내가 아주 요상한 데로 찾아들었군!"

무단 경작자는 대체 어디로 들락거릴까. 아이들처럼 저쪽의 쥐똥나무 울타리를 이용할 것 같지는 않다. 여기서 거기는 너무 멀기도 하고 어른이 아닌가. 분명히 남들이 모르는 비밀스러운 틈이 이쪽 어딘가에 있을 것이다.

해당화가 한 무리를 이루고 있는 곳에서 강 노인은 걸음을 멈추었다. 밑에 희끄무레한 것이 보였기 때문이다. 허리를 굽히고 보니 암탉 한 마리가 웅크리고 앉아 있었다.

강 노인을 보더니 목덜미 깃털을 파르르 세우는 게 경계하는 기색이 역력하다. 그러면서도 피하지 않는다. 그는 암탉이 알을 품는 걸 본 적도, 상상한 적도 없었다. 그런데도 자기가 보는 광경이 그것임을 알아차렸다.

"허어! 설마, 그때 그 달걀?"

머리카락이 쭈뼛 서는 놀라움이었다. 하얀 이 어미 닭이 그는 낯설지 않았다. 틀림없이 유리가 찾던 얌전이일 것이다. 하지만 그가 달걀을 돌려준 자리는 여기가 아니었다. 혹시 이것도 무단 경작자의 짓일까.

"아무튼, 꼬맹이가 좋아하겠어."

방해하지 않으려고 강 노인은 슬그머니 물러났다. 그러다가 담장과 해당화 사이에 끼워진 뭔가를 발견했다. 해당화 이파리 때문에 못 볼 뻔했지만 그건 쥐똥나무에 붙들어 맨 것과 같은 문이었다. 또 하나의 문.

강 노인은 우뚝 서서 앓는 소리를 내고 말았다.

"감히, 저기로?"

건방지게도 참으로 과감한 곳에 숨어 있는 문.

입술을 꾹 다문 채 강 노인은 손잡이를 옆으로 밀었다. 잔가시 때문에 접근하기도 어려운 해당화 가지들이 기우뚱하며 틈을 내주었다. 직접 열어 보니 해당화 가시에 찔릴 염려따위는 안 해도 되게 생겼다. 가지치기를 얼마나 교묘하게 해 놓았는지, 분명 해당화 더미인데도 드나드는 데 아무런 문제가 없다. 바닥에 붉은 벽돌까지 깔린 게 어제오늘 만들어진 통로가 아니다.

"아이고, 이런!"

고작 서너 걸음에 그는 잔디가 깔린 안마당으로 넘어왔다.

헛 소 리
할 망 구

"귀화를 해서 오지안이라는 호적을 갖고 있습니다만, 영어 학원에서는 케빈, 불어를 가르치는 데서는 장이라는 이름을 쓰고 있습니다. 디자이너로서의 기록은 그다지……. 근무 기간이 워낙 짧아서 말입니다."

미스터 박의 보고를 강 노인은 거의 흘려듣다시피 했다. 핵심이 없는 이야기는 언제나 지루하다. 그러나 자기가 시킨 일이었다. 더구나 산에서 어찌할 바를 모르는 자기를 구원해준 은인이 아니던가. 어떻게든 보답을 해야 도리다. 제대로 된 감사 표시는 가장 필요한 도움을 주는 것.

"일일 교사라는 걸 자네도 아나? 그것 때문에 고민이던데."

"그럼요. 예전에 딸내미 때문에 저도 해 봤습니다만."

"그건 전문 직업인이라야 한다던데."

"꼭 그렇지는 않을 겁니다. 하지만 전문직 종사자면 분명 아이들이 더 흥미로워하겠지요."

"자네는 뭐가 전문이지?"

그걸 몰라서 물은 게 아니다. 미스터 박이야 어디까지나 전문 비서다. 다만, 가까운 사람이 해 봤다니 호기심이 발동한 것이다. 만약 그에게 닥친 문제였다면 도저히 해결할 수 없는 일이라서.

"스쿠버다이빙에 대해서."

강 노인은 눈을 끔뻑였다.

"네, 저는 주말에 거의 정기적으로 물속에 들어갑니다. 전문가 자격증도 있고, 비서보다는 그쪽이 보여 줄 게 많지요. 장비를 착용하고 설명하느라 애를 좀 먹었습니다만, 인기는 좋았다고 할 수 있습니다."

강 노인은 미스터 박의 코가 벌름거리는 걸 멍하니 바라보았다. 그리고 반성했다. 자기가 다 안다고 믿는 게 사실은 코끼리 다리 더듬는 정도일지도 모른다고. 비서가 아닌 미스터 박을 상상한 적도 없고, 딱 달라붙는 잠수복에 물안경을 쓴

모습은 더더구나 상상이 안 되지만.

다소 우쭐해 있는 미스터 박을 보며 강 노인은 빙그레 미소 지었다.

"오지안이 봉착한 문제를 그런 식으로 푼다면?"

"무슨 말씀이신지……."

"메일을 보내지. 뒤뜰의 무단 경작과 일일 교산가 하는 것에 대해. 아마 공문을 준비해야 할지도 몰라."

강 노인은 고개를 끄덕였고 미스터 박은 고개를 갸웃했다.

"게다가 그 녀석이 같은 반이야……."

강 노인의 입꼬리가 짓궂게 비틀렸다.

미스터 박은 강 노인이 확실히 예전 같지 않다고 생각했다. 하긴, 이 집에서 혼자 살겠다고 한 것부터가 아무도 짐작하지 못한 일이었으니.

강 노인은 그 밖에도 여러 가지 보고를 들었다. 관리 업체가 보낸 울타리 상황이라든지 피엘 아버지의 현재 상황, 기타 교실에서 온 전화 내용까지. 그러나 스쿠버다이빙만큼 인상적이지는 못했다. 게다가 그의 머릿속에는 엉뚱한 생각이 스멀스멀 차오르는 중이었다.

잠자리에 들면서 강 노인은 웃었다. 그가 소리 내어 웃는 건 아주 드문 일이었다.

"그래서 불만이었군. 주말에 물속에 처박히지 못해서."

꼬끼오오오오.

오늘따라 수탉의 기상나팔 소리가 우렁찼다.

강 노인은 미련 없이 일어나 옷을 챙겨 입었다. 그러다가 멈칫했다.

"아, 메일을 안 보냈다! 어떻게 할 일을 남겨 두고 잘 수가 있었지?"

그는 서둘러 컴퓨터 앞에 앉았다.

매사에 빈틈없고 일 처리를 정확하게 마쳐야 비로소 안심하는 사람이 할 일을 까먹었다. 그러고도 아주 잘 잤다. 그런데도 기분 나쁘지가 않다. 분명히 실수인데도 느긋한 기분이 드는. 마치 단추가 하나 풀어진 스웨터를 걸친 느낌이랄까.

"이봐, 덩어리 씨. 당신 짓이지? 날 손아귀에 넣으려는 수작. 그러지 말자고. 잘 지내 보자고."

컴퓨터가 부팅되기를 기다리며 그는 이죽거렸다.

막상 편지 쓸 준비가 되자 이번에는 편지 내용을 충분히 고민하지 않았다는 걸 깨달았다. 그야말로 아무 생각 없이 잠자리에 들었던 거다.

"허어! 강대수 맞아? 어디 나사가 하나 빠져 버렸군!"

강 노인이 모니터를 멍하니 보는 동안 뒤뜰에서는 수탉이 또 자지러지게 울어 댔다. 무시할 수도 있는 일이건만 강 노인은 초조해졌다. 그는 이마에 가득 주름이 잡히도록 집중했다. 미스터 박이 스쿠버다이빙 이야기를 하는 동안 번개처럼 스쳤던 힌트에 대해.

생각이 났다.

"이런……. 이봐, 강대수. 가능하겠어?"

그러면서도 그는 메일을 썼다. 그야말로 대충.

1. 오지안에게 문의하게.

   . 일일 교사 수업에 미래건설 디자이너가 도우미로 파견되어
   도 좋은지.

2. 뒤뜰 무단 경작자 문제 해결하게.

   잡음 없이 신속하게.

꼬끼오오오.

드디어 수탉이 세 번째 홰를 쳤다.

116

"알았다! 보채지 마라."

수탉이 자기를 부른 것도 아니건만 그는 뒤도 안 돌아보고 뒤뜰로 갔다. 그리고 기다려 준 친구들에게 합류하듯 닭들 사이를 걸어갔다.

슬그머니 비켜날 뿐 닭들은 강 노인을 그다지 경계하지 않았고, 그도 닭들을 그러려니 하고 봐주었다. 오히려 암탉이 앉았다 떠난 자리에 달걀이 남아 있는 광경은 아침 풍경을 더 풍요롭게 하고 그의 마음까지 흐뭇하게 만들어 주었다.

강 노인은 장화로 이슬을 툭툭 차며 자기 영역을 돌아다녔고 마음껏 아침을 느꼈다. 누군가 걸어갔음 직한 오솔길을 따라서 산 중턱까지 올라가 보고, 내려오면서 각기 다르게 생긴 나무들을 관찰했다. 혹시 누가 오는지 살피고는 어린 나뭇잎을 손끝으로 잡고 악수도 했다. 살갗에 착 감기는 느낌이 풋풋하다.

연못으로 가서 속을 들여다보고 활짝 벌어진 붓꽃을 구경하고 아침 햇살을 받으며 조는 개구리도 지켜보았다. 이 모든 것을 날마다 경험할 수 있다는 생각만으로도 그의 가슴은 가득해졌다.

"하고 싶은 일 하나 더 추가."

나무에 가려져 보이지 않지만 그는 위쪽을 보며 싱그레 웃었다.

산꼭대기까지 산책하기.

텃밭 쪽으로 가는데 달걀이 또 하나 눈에 띄었다. 유리가 오늘은 늦잠이라도 자는 모양이다. 지금까지 달걀을 거두어 가지 않은 걸 봐서는. 청미래덩굴 아래에도 하나. 원추리 싹들 사이에도 하나.

달걀은 건드리지 않는 게 좋다. 유리가 쉬지 않고 또랑또랑 떠들어 대면 감당하기 어려우니. 그는 텃밭으로 갔다. 누가 다녀간 것 같지는 않았다.

어제도 앞뜰에서 한참 서성거렸다. 무단 경작자가 어떻게 생겼는지 보려고. 사실 한편으로는 진짜 마주치면 어떡하나 싶었지만.

그는 싱싱하게 자라난 푸성귀들을 요리조리 구경했다. 몇 잎 따 보고 싶어서 손이 근질근질했는데 해당화 밑에서 쳐다보고 있는 얌전이 덕분에 체면을 지킬 수 있었다.

"그런 눈으로 볼 거 없다. 나 점잖은 사람이야."

강 노인은 손을 탁탁 털어 보이고 해당화 쪽 문을 열었다. 그런데 눈앞에 누가 있었다.

"허어……."

너무 놀라서 비명조차 안 나왔다.

몸집이 작고 머리카락이 하얀 할머니가 그를 빤히 보고 있었다. 몹시 놀란 듯 머리를 떨면서. 그쪽에서도 막 들어오던 참이었던가 보다.

약한 노인을 너무 놀라게 했다는 생각에 강 노인은 하마터면 사과를 할 뻔했다. 그런데 정신을 차리고 보니 여기를 찾아올 사람이라고는 딱 하나. 무단 경작자.

무단 경작자가 이런 할망구일 줄은 생각도 못 했다. 강 노인이 어떻게 해야 할지 몰라 주춤거리고 있는데 할머니가 문을 밀고서 들어왔다. 어쩔 수 없어 비켜 주면서도 강 노인은 어이가 없었다. 사과하거나 얼른 도망가야 정상 아닌가.

"흐음……."

강 노인은 일부러 소리가 들리게 헛기침을 했다.

"안녕하세요?"

뜻밖에도 할머니가 인사를 했다. 모르는 사람에게도 할 수 있는 그런 말투의 인사였다. 그러더니 들고 온 바구니 속에서 봉지를 꺼내 얌전이 앞에 흔들어 댔다. 낟알이었다. 강 노인을 신경도 안 쓰는 거였다. 어쨌거나 짐작대로 얌전이를 여기로 데려온 사람이 맞다. 유리 할머니일지도 모른다고 강노인은 생각했다.

텃밭에 쪼그려 앉으며 할머니가 그를 보았다.

"댁은 누구요?"

강 노인은 그저 눈만 끔뻑거렸다.

"어디로 들어오셨소?"

어이가 없다. 마치 집주인처럼 묻고 있지 않은가. 화를 낼 수도 없고, 따질 수도 없고. 이럴 때 미스터 박은 도대체 어디 있는가.

그는 귀밑까지 확확 달아오르는 걸 느끼며 할머니가 푸성귀 따는 걸 지켜보았다. 주먹을 쥐었다 폈다 하고, 괜히 이리저리 걷고, 허공을 쳐다보며 한숨을 쉬면서. 남의 집에 멋대로 들어와서 밭을 만들고, 그걸 마음대로 수확하고, 집주인 눈치도 전혀 안 보는 사람을 어떻게 생각해야 하나. 정신이 나가지 않고서야 저렇게 비상식적일 수가 있나.

어쩌면 이 집 주인이라는 걸 몰라서, 자기처럼 몰래 들어온 동네 노인쯤으로 생각해서 저럴 수도 있다. 그렇다 쳐도 얼굴빛 하나 변하지 않는 건 고약한 노릇이다. 오랫동안 여기를 사용해서 아예 자기 땅으로 믿어 버린 게 아닐까.

강 노인은 생각하고 또 생각해서 할 말을 찾아냈다. 체면에 어긋나는 일은 되도록 피하고 싶지만 도저히 그냥 넘어갈 수 없다.

마침 할머니가 푸성귀 가득한 바구니를 들고 다가왔다.

그는 침을 꾹 삼키고 말했다. 그런데 거의 동시에 할머니도 말했다.

"내가 여기 주인이오."

"상추 좀 드실라우?"

강 노인은 또 침을 꾹 삼켰다. 그리고 할머니가 건네는 상추를 받았다. 대뜸 집어 주는데 거절이고 인사고 할 겨를이 없었다.

할머니는 서두르는 기색 하나 없이 해당화 문을 열고는 사라졌다.

내 말을 못 들은 걸까. 목소리가 좀 작기는 했다. 강 노인은 얼른 뒤따라 나갔다. 할머니는 그새 포도나무 밑을 지나고 있었다.

"이보시오! 이런 경우가 대체……."

할머니가 눈을 동그랗게 뜨고 강 노인을 쳐다보았다. 엉뚱하게도 지금 처음 본다는 듯 고개까지 갸웃했다.

"그런데 누구요?"

"⋯⋯."

고개를 갸웃하는 할머니를 그는 멍하니 바라보았다. 아무래도 정상이 아닌 것 같다. 헛소리하는 걸 보니. 아무리 얼굴이 두꺼워도 저리 천연덕스럽게 굴 수는 없다.

"날씨가 참 좋아요."

그 말을 남기고 할머니는 총총 멀어졌다.

조용하고 부드러운 말씨, 미소 짓는 표정을 봐서는 그리 막 돼먹은 사람 같지 않은데 행동이 도무지 상식적이지가 않다. 강 노인은 머리가 지근거려서 느티나무 아래 그네에 주저앉았다. 그때 희미하게 대문 닫히는 소리가 들렸다.

강 노인은 벌떡 일어났다.

대문으로 나갔다. 저기로 나갔다는 건 곧 거기로 들어왔다는 것.

"열쇠를 가졌어! 저 헛소리 할망구가······."

모든 문이
닫 히 고

　미스터 박이 헐레벌떡 달려왔건만 속이 부글거리는 강 노인에게는 굼벵이마냥 굼뜬 동작이었다. 게다가 대답이라는 것도 궁색하기 짝이 없었다.

　"아무래도 계약서에 명시된 '원래 상태를 유지하며'가 문제인 듯합니다만."

　"그놈의 계약서 핑계를 언제까지 우려먹을 건가? 열쇠는 재산권에 관계된 기본이잖나. 내 집 열쇠가 남의 손에도 있다니. 자네, 이 비상식적인 사건에도 그따위 핑계를 대는 건 직무 유기야! 스쿠버다이빙인가 뭔가 자격증 있으니, 잘리는 것쯤 상관없어?"

순간 강 노인과 미스터 박의 눈길이 마주쳤다. 미스터 박의 얼굴이 확 굳었고, 강 노인도 자신의 실수를 깨달았다. 그러나 이미 엎질러진 물이다. 너무 흥분해서 감정 조절을 못 했다. 유치하게 이런 협박을 하다니.

"곧바로 조사하고 열쇠를 회수하겠습니다. 울타리 문제도 조속히 마무리될 것이고, 말씀하신 공문을 가져왔으니 서명해 주시면 바로 처리하겠습니다."

"놓고 가게."

강 노인은 짤막하게 대꾸했다.

굳은 표정으로 인사하고 나가려던 미스터 박이 말했다.

"파견하신다는 디자이너를 정하지 못해 그 부분이 비어 있습니다만, 나머지 내용은 무리가 없을 것입니다. 오지안 씨는 매우 고마워하고 있지만, 이해를 못 하겠다고, 아버지와 도우미 역할이 어떻게 다른지."

강 노인은 꼿꼿하게 앉아 손만 까딱했다. 미스터 박은 더 궁금한 게 많았지만 그냥 나갔다. 아무리 비서라도 해고나 다름없는 말을 들은 상황이다. 그것도 자존심이 짓밟힌 채로. 스쿠버다이빙 이야기는 어디까지나 가까운 사이라서 꺼낸 개인적인 내용이었다. 비서가 아니라 자식의 아버지로서 한 이야기를 이렇게 써먹는 건 비열한 일 아닌가.

비열함에 대해서는 강 노인이 더 뼈저리게 느끼는 중이었다. 자기가 방금 미스터 박의 가슴을 갈가리 찢어 놓았다는 걸 누구보다 잘 알았다. 자신의 사적인 이야기는 거의 꺼내지 않을 만큼 거리를 유지하던 사람이고, 굳이 말하지 않아도 손발이 되어 도와주던 사람을 그렇게 한마디로 내치다니.

"나도 이제 다 된 모양이야……."

강 노인은 너무나 괴로웠다. 이제는 헛소리 할망구나 열쇠보다 미스터 박이 더 신경 쓰인다. '사람을 잃으면 더 잃는다'는 게 그의 철학이라서. 더구나 미스터 박이 누군가. 삼십 년은 결코 만만한 시간이 아니다.

깊게 신음하며 탁자에 놓인 공문을 집어 들었지만 눈에 들어오지 않았다. 어련히 알아서 잘 준비했을까. 공란만 채우면 될 것을. 혹시나 하고 밖을 내다보았는데 미스터 박은 벌써 가 버리고 없었다.

"옹졸하기는. 그 정도로 뭘……."

어깨를 늘어뜨리고 문을 닫으려는데 문에 붙어 있는 메모지가 눈에 띄었다. 오지안의 메일 주소와 전화번호였다. 피엘 아버지가 도우미 제안에 대해 이해를 못 한다고 했다. 그런데 되는대로 척 붙인 듯 삐뚜름한 모양의 포스트잇.

"나더러 알아서 하란 소리구먼!"

강 노인은 문을 쾅 닫아 버렸다.

"이놈의 미스터 박! 끝까지 해보자는 거야?"

연봉만 넉넉하면 일할 사람이야 차고 넘친다. 새 비서를 채용하면 관계를 좀 더 명확하게 할 필요가 있다. 미스터 박에게는 너무 많은 사생활을 보였다. 그게 문제였다.

강 노인은 심호흡을 하며 감정을 다스리려고 거실을 몇 바퀴나 돌았다. 그러나 영 도움이 되지 않았다. 가슴에 모래가 돌아다니는 것처럼 쓰라린 이런 감정을 그는 가장 싫어한다. 울고 싶은데 울지 못해서 엉뚱한 짓을 벌이고야 마는 이 감정에서 어떻게든 벗어나야 한다.

"이봐, 덩어리 씨. 같이 생각 좀 해 보자고. 내가 오래 살아야 자네도 오래 살잖아. 자, 내가 뭘 어떻게 하면 되겠어? 응?"

다른 생각이 필요하다. 그러자면 다른 뭔가를 하지 않으면 안 된다.

"아, 기타! 그래. 자네가 기타를 생각해 내는군. 내가 결석해서 선생이 전화를 했다지. 가만, 전화번호가…… 아냐. 요

아랜데 직접 가 봐야지. 첫날부터 빠졌으니 예의라도 있어야
지."

강 노인은 밖으로 나갔다가 다시 들어와서 기타를 챙겨 나
갔다. 기타 교실에 가면서 준비물을 빠뜨리면 안 된다. 강습
날짜는 아니지만 빈손보다야 번듯한 구실이고, 배울 자세가
돼 있다는 걸 보여 줄 필요도 있다.

마침 마을버스가 올라와 있었다.

조금 떨어진 데서는 상훈이가 아이들이랑 자전거를 타는
중이었다. 핸들을 잡지 않고도 넘어지지 않는 재주가 아주
용하다. 우월한 놈이야, 하고 그는 생각했다.

어려도 당당하고 기질 강한 아이. 여럿 속에 섞여 있어도
눈에 띄는 사람들이 있는데, 저런 아이가 자라면 틀림없이
그렇게 될 거다.

어리지만 탐나는 기질이다. 강 노인은 저런 유형에게 매력
을 느끼는 사람이었다. 어려서부터 그랬는데, 그 처음이 바로
주인집 여자애였다. 그러나 그때도 지금도 으스대는 저런 표
정은 아주 밉살맞다.

자전거가 자기 몸인 양 자유자재로 돌아다니는 상훈이를
아이들이 따라다니기만 하는 것으로 보아 그 재주를 상훈이

만 익힌 모양이었다. 코가 한껏 높아져서 뻐기는 표정이라니. 딱 그런 표정으로 상훈이가 강 노인을 보며 지나갔다. 그 순간 강 노인도 반사적으로 표정이 아주 삐딱해졌다.

버스 운전사는 자판기 커피를 마시며 장 영감과 떠드는 중이었는데, 뭐가 그렇게 재미있는지 장 영감이 박장대소를 했다.

가까이 가 봐야 꼴사나운 모습을 볼 게 뻔해서 강 노인은 좀 느긋하게 걸었다. 그런데 잠깐 다른 데 신경을 쓰는 사이에 마을버스가 출발해 버렸다. 소리를 질렀다면 장 영감이라도 들었을 테고, 운전사더러 멈추라고 했을지 모른다. 하지만 강 노인은 그러지 못했다. 그가 쫓아가기보다 그를 기다려 주는 생활에 익숙해진 탓이었다.

눈앞에서 버스를 놓친 심정은 누구나 같다. 쥐새끼 피하려다 사자 꼬리 밟는 심정이었지만, 강 노인은 내색하지 못하고 평상에 걸터앉았다.

"아이고, 어쩌나. 나라도 버스를 잡아 둘걸. 달랑 우리 미호만 탔는데!"

진심인지 약 올리는 건지 알 수가 없는 말이었다. 그러나 말투는 좀 부드러워진 편이었다. 질긴 힘줄이 다소 늘어진 것처럼.

장 영감도 소문을 들은 터였다. 사실이야 조만간 확인되겠지만 아이들이 떠드는 소리를 모아 보면 이자가 바로 저 엄청난 토지의 주인이다. 그러나 썩 믿을 만하지가 않다. 뭐가 아쉬워서 이 꼭대기까지 걸어서 올라오고 마을버스를 탄단 말인가. 집주인이랑 좀 아는 사이라면 몰라도.

사실은 이 대목에서 장 영감이 헷갈리는 중이었다. 좀 아는 사이라 집을 얻어 쓴다고 해도 자기와는 처지가 다르다. 달라도 너무 다르다. 평생 이 동네 터줏대감으로 살아온 자기도 마음대로 드나들지 못하는 데를 이자는 통째로 다 차지하고 있지 않은가.

"혹시, 버스 시간표 필요하시오?"

넌지시 말을 건네며 장 영감이 강 노인을 살폈다.

"그런 게 있소?"

반가워하는 강 노인을 보며 장 영감은 마음이 조금 편해졌다. 그러면 그렇지, 주인은 무슨.

여기서 정각에, 그리고 삼십 분에 출발하니 시간표랄 것까지야 없는데도 장 영감은 안에 들어가 몇 글자 끼적여 가지고 나왔다. 강 노인은 너무 간단한 내용이 어이없어서 장 영

감을 힐끔 보았다.

"마을 주민 됐으니 챙겨 주는 거요. 이제부턴 반상회 참석이며, 미래건설과의 투쟁. 아, 이 투쟁은 버찌마을의 중대사라 의무적으로다가 참석해야 할 거요. 주민들이 둘씩 짝지어 미래건설 정문 앞에서 시위를 하는 건데, 우리는 소리 같은 거 안 질러. 저기 저거, 우리 주장이 찍힌 빨간 조끼를 입고 서 있는 거지."

그러면서 장 영감이 연립 주택에 내걸린 현수막을 가리켰다.

강 노인은 찡그리며 앓는 소리만 냈다.

"에 또, 마을 경조사에 빠짐없이 참석해야 할 거요. 그래야 정식 주민이라고 할 수 있지, 암!"

강 노인은 쪽지를 접어 주머니에 넣었다.

장 영감은 가타부타 대꾸가 없는 강 노인이 못마땅했다. 듣자 하니 밥이고 빨래고 혼자서 해결하는 처량한 신세라던데 도도한 표정에 점잖은 척이라니. 게다가 어울리지 않게 기타는 또 뭐란 말인가.

"내가 여기 유지라고 말했던가? 여기로 말하자면, 공기 좋고, 인심 좋고, 인물 많이 나오고. 여기서 국회의원만 몇이 나온 줄 아슈? 잘되면 죄다 저 아랫동네로 떠나서 그렇지, 터가 좋은 데요 여기가. 부동산 창식이도 서울대 나왔고, 그 안 사람도 피아니스트야. 그 어머니도 그 옛날에 미국 유학까지 다녀왔고 말이지."

강 노인은 전화기를 꺼내서 시간을 확인했다. 듣기 싫은 너스레를 아직도 이십 분 넘게 들어야 한다. 장 영감이 그 눈치를 못 챘을 리 없다.

"저기 백 번지 집이 이 동네 중심이오. 어느 날 갑자기 망하고 경매 처리가 되면서 어떤 놈 좋은 일만 시켰지만, 우리한테는 그냥 남의 집이 아니다 이거지."

어떤 놈, 소리에 강 노인 신경이 날카로워졌다. 안 그래도 간신히 감정을 다스리는 중이다. 그런데 반갑지 않은 이자가 속을 긁으려고 작정한 듯 집요하게 딴죽을 건다.

"나로 말할 것 같으면, 공부는 많이 못 했어도 어려서부터 의리 하나는 있어서, 불의를 그냥 못 보고 말이지. 남들 못하는 말도 과감히 하는 성격이라."

강 노인은 떫은 표정으로 장 영감을 돌아보았다.

"불의를 그냥 못 보고?"

"암만! 한창때는 내가 주먹깨나 써서……."

그때 가게로 누가 들어갔고, 장 영감이 그 뒤를 따라 쪼르르 들어갔다.

강 노인은 어금니를 꾹 문 채로 상훈이가 손 놓고 자전거 타는 모습을 묵묵히 지켜보았다. 그는 자기가 아주 고약한 순간에 놓였다는 걸 알았다. 미스터 박 때문에 속이 불편한데 장 영감의 너스레를 들어야 한다. 게다가 상훈이까지.

어린애를 가까이서 경험하지 못한 그로서는 상훈이에 대한 감정이 가장 혼란스러웠다. 저 녀석의 눈빛이 거슬리는 게 단순히 속이 불편해져서 생긴 착각인지, 진짜로 어린것이 기 싸움이라도 하려 든 건지 알 수가 없는 것이다.

당장 일어나서 집으로 돌아갈 수도 있었다. 그러면 적어도 이 상황은 괜찮아진다. 그러나 그는 문제를 피하는 사람이 아니었다.

마침 버스 올라오는 소리가 들렸다. 장 영감도 안에서 나왔다. 그런데 일어서는 강 노인 옆에까지 와서 기어이 말꼬리를 잇는다.

"내 말씀인즉슨, 백 번지에 살면 모범이 돼야 한다, 이거요. 기타나 메고 다녀서야, 원. 나이가 한두 개도 아니고 말야. 어른이잖소!"

강 노인은 기가 막혀서 장 영감을 빤히 보았다. 주제넘다고 따지거나 화를 내고 싶지도 않았다. 어차피 장 영감의 너스레는 반이 허풍이다.

"어른은 기타를 메면 안 되오?"

"난 그딴 거 젊어지고 다니면서 제대로 사는 놈 못 봤수다."

인상 쓰며 내뱉는 소리가 아주 고약했다.

강 노인 얼굴이 무섭게 일그러졌다.

"아이쿠! 놈 소리는 미안하오. 아무튼 애들이 보잖소."

장 영감이 눈치껏 자기 입술을 문질렀으나 기어이 하고 싶은 말을 다 했다. 빈정대고 싶은 속셈이 훤한 말투라 강 노인은 속이 확 뒤집혔다. 듣자 듣자 하니 망발에다 한 수 가르치겠다는 태도라 도저히 봐주기가 어려웠다.

"자고로, 어른은 애들한테……."

"자네 손녀딸이 기타 교실을 기웃거리는 건 알고 있나? 그리고 내가 알기로는, 의리까지는 몰라도 주먹깨나 쓰던 인사는 따로 있지 아마. 이경수라고."

"흐어……."

장 영감의 눈과 입이 크게 벌어지는 걸 보며 강 노인은 천천히 마을버스에 올랐다. 그리고 버스가 출발할 때까지 눈을 감고 있었다. 버스 운전사가 일찌감치 운전석에 앉고 밖이 조용한 것으로 짐작하건대, 장 영감은 줄곧 여기를 보고 있을 것이다.

오늘은 운이 나쁜 날이다. 강 노인은 내내 그런 생각이 들었다. 장 영감에게 내뱉은 소리도 결국 실수였을 거라고. 참았어야 했는지 자신에게 물었다. 아니다. 어차피 좋지 않은 일이 기다리고 있었던 것 같다. 이제부터 감당할 수밖에.

그의 짐작은 어느 정도 맞았다.

강 노인이 기타 선생의 수업이 끝나기를 기다리는 동안 미호는 계속 교실을 기웃거렸다. 누가 자기를 쳐다보는 줄도 모르는 채 쏙 빠져서. 기타 때문인지 수업 중인 누구를 훔쳐보는지 몰라도 자주 그런다는 걸 짐작할 수 있었다.

강 노인과 미호는 마을버스를 같이 타고 돌아왔다. 기타 선생과 이야기를 길게 했으면 그러지 못했을 것이다. 그러나 강 노인은 미호를 혼자 보내고 싶지 않아서 면담을 간단하게 마쳤다. 뭘 어떻게 해 주려는 생각보다는 걱정되고 미안해서.

장 영감이 가게 앞에 나와 있었다. 표정이 아주 어두웠다.

지금까지의 모습에서는 짐작도 할 수 없었던 무겁고 화가 난 얼굴이라 강 노인은 불안했다. 미호가 두려움을 느끼고 멈칫하는 순간 장 영감이 성큼성큼 다가오더니, 가녀린 어깨를 움켜잡고 가게 안으로 끌고 들어가는 게 아닌가.

강 노인은 차마 걸음을 떼지 못하고 가게를 지켜보았다. 알아들을 수 없지만 고함 소리가 밖에까지 흘러나왔다. 분명히 자기 때문에 벌어진 일이라서 강 노인은 몹시 괴로웠다. 이유야 모르겠지만 미호에게 빚을 지고 말았다. 결과적으로 고자질을 한 셈이니.

무거운 걸음으로 돌아가던 강 노인은 또 멈칫했다.

울타리에 붙은 경고문.

카메라가 너를 보고 있다! 적발 시마다 벌금 100만 원!
주인 백

강 노인은 자기 눈을 의심했다. 저 굵고 빨간 글씨를 어째서 아까는 못 봤을까. 그래서 상훈이 눈초리가 그랬던 모양이다. 자기들을 금지한 경고문에 화가 나서. 생각해 보니 그 표정에는 '거기 아니어도 이렇게 잘 놀 수 있다'는 시위가 담겨 있었던 것이다. 도대체 저따위 협박을 누가 생각해 냈단 말인가.

귓등으로 흘려들어서 잘 기억나지 않는데, 미스터 박이 관리 업체의 조치 어쩌구 하면서 경고문 이야기를 했던 것 같다. 그게 저거였다니. 짐작건대 저런 경고문이 울타리 곳곳에 매달렸을 것이다.

오늘은 그야말로 악마의 저주라도 받은 것 같은 날이다. 부실기업을 잘라 낼 때도 이렇게까지 머리가 아프지는 않았다. 전문가들을 앞세우면 얼굴 붉히지 않고도 문제가 깨끗하게 해결된다. 그런데 이건 맨몸으로 혼자 싸우는 꼴 아닌가.

이튿날 강 노인이 본 뒤뜰에 비하면 그건 단순한 감정에 불과했다.

수탉은 늘 그랬듯 일정하게 홰를 쳐서 그를 불러냈다.

그가 뒤뜰에서 맨 먼저 본 것은 고양이가 달걀을 핥아 먹는 광경이었다. 모든 문이 닫혀서 벌어진 일이었다.

거 인 은
힘 이 세 다

"저리 갓! 이 못된 놈들!"

강 노인은 막대기를 휘두르며 고양이들을 쫓았다. 유리가 왜 얌체라고 했는지 알겠다. 고양이들은 발소리도 없이 돌아다니며 일을 저지른다. 교묘하기가 여우 뺨치고 민첩하기가 빛의 속도라 해도 좋을 정도다. 그런 녀석들이 지금 꾸역꾸역 몰려들고 있다.

여기저기 널린 달걀 때문이었다. 암탉들은 왜 그렇게도 알을 낳아 대는지. 어쨌든 그 맛을 알아 버린 뜨내기 고양이들이 뒤뜰에 진을 쳤고, 어떻게 소문이 났는지 자고 일어나 보면 못 보던 고양이가 또 들어와 있고.

주워 모은 달걀만 해도 한 바구니다. 짐승들의 먹이가 되는 걸 차마 볼 수가 없어서 줍다 보니 그렇게 됐다. 이것이 자연의 질서일지 모르나 강 노인은 알 속에 든 생명이 처참하게 부서지는 걸 묵인하기가 힘들었다. 자기 뒤뜰에서 이런 불상사가 날마다 벌어지는 걸 용납할 수가 없고, 끔찍하다고 버리고 떠날 수도 없었다. 이미 자신의 삶이 여기에 묶였다는 걸 그는 알고 있었다.

"징그럽게 끈질긴 녀석들이야……."

고양이들은 이제 수탉의 눈치도 보지 않는다. 달걀을 놓고 자기들끼리 싸우다가 여차하면 닭들을 공격할 태세다. 거기에 청설모까지 가세해서 뒤뜰은 그야말로 전쟁터였다.

유리를 따라다니던 강아지를 얕잡아 본 것도 잘못이었다. 유리가 아침마다 달걀을 가져갈 수 있게 닭들을 긴장시키고 청설모의 접근도 막은 주인공이었다는 걸 강 노인은 뒤늦게 알았다.

그들이 없는 뒤뜰은 질서가 무너진 세상이었다. 작은 동물들도 이제 더는 귀염둥이가 아니었다. 두려움에 떠는 닭들. 눈을 번득이는 고양이들. 도둑질할 틈만 노리는 청설모들. 때로는 난데없이 까마귀나 까치들까지 폭격하듯 내리꽂히기도 하고.

"후우! 닭들이 원인이야."

막대기를 휘두르다 지치면 강 노인은 탄식했다. 며칠만 더 견뎌 보고 사람을 불러야겠다고 생각하는 중이다. 그가 망설이는 이유도 역시 닭 때문이었다. 정확히 말하자면 병아리.

해당화 밑동에 있는 암탉을 보면 곧 병아리가 태어날 것 같다. 새끼를 보겠다고 이 난리 통에도 자리를 지키고 있는 암탉 때문에, 아마도 곧 깨게 될 생명 때문에, 그는 잔인한 지시를 아직 내리지 못하고 있다. 이건 부실기업을 처리하는 일보다 그를 더 곤란하게 만드는 사건이었다.

모르긴 해도 병아리가 태어나면 문제가 더 심각해질 것이다. 얌전이 주변을 맴도는 고양이는 유난히 눈이 째지고 바깥 생활에 이골이 난 녀석처럼 보인다. 녀석 때문에 강 노인은 밤잠을 설치기도 했다.

골치 아픈 일은 또 있었다. 텃밭.

푸성귀가 이렇게 빨리 무성해질 수 있다는 걸 그는 처음 알았다. 잎을 따 주지 않으니까 상추고 쑥갓이고 정신없이 자라나서 죄다 꽃봉오리를 매달았다. 채소에 관해 아는 게 없어도 텃밭이 망가지고 있다는 걸 훤히 알 수밖에 없는 상

황이다.

이 모든 것은 관리 업체가 울타리 개구멍 문제를 정확히 해결한 결과였고, 미스터 박이 신속하게 열쇠를 회수한 결과였고, 강 노인 스스로 원한 결과였다. 누구를 탓할 수도 없고, 그런 지시가 실수였다고 인정하기도 싫었다. 그러니 고양이, 청설모와 전쟁을 치를 수밖에.

"병아리만 태어나면……."

그는 고개를 저으며 한숨을 포옥 내쉬었다. 지금이나 병아리가 태어난 뒤에나 '뒤뜰 정리'의 결과는 똑같을지 모른다. 그렇다고 해도 지금은 그런 지시를 내리고 싶지가 않다. 암전이가 품는 알이 자기 손을 거쳤다는 게 망설이는 이유였다. 그 온기가 아직도 손에 남아 있어서.

요즘은 너무 고단하다. 기상나팔에 깨어나서 기타 연습을 마치고 잠들 때까지 하루가 빈틈이 없다. 회사에 있을 때보다 더 바빠져서 뒤통수 덩어리 씨를 까먹을 정도다.

지쳐서 축 늘어져 있는데 미스터 박이 들어왔다.

"일일 교사 일정이 내일입니다."

너무 깍듯해서 거의 기계 같지만 강 노인은 군더더기 없는 이 관계에 만족하기로 했다. 그러나 마음 한구석에는 여전히 말실수를 한 것에 미안함을 담아 두고 있었다. 이 관계가 유지된다면 차츰 잊히겠지만.

"정말 혼자 가셔도 되겠습니까?"

"아직 학교 정도는 찾아갈 수 있네. 오지안이 디자이너와 자기 역할에 대해 더 이상 문의하지는 않나?"

"네, 충분히 이해한 것 같습니다만, 미래건설 수석 명예 디자이너가 누구인지는 모르는 상태입니다. 그러나 디자이너와 아이들 중간에서 설명하는 역할에 만족한다고 했습니다."

"내일 아침 열 시까지 사 학년 이 빈 교실."

강 노인의 짤막한 정리는 결재 서류에 서명하는 거나 마찬가지였다. 미스터 박도 나가기 전에 짤막하게 전했다.

"실례인 줄 압니다만, 관리 업체 직원이 퇴근길에 뵙고 싶다고 합니다. 물론 거절하셔도 됩니다."

강 노인은 떨떠름한 얼굴로 미스터 박을 보았다.

관리 업체 직원이라면 집 문제 말고는 따로 볼일이 없다. 그쪽에서야 당연히 업무인데 퇴근길에 찾아오겠다니. 그걸 알면서도 조정하지 않고 보고하는 미스터 박의 속내는 무엇인가. 다소 못마땅했지만 강 노인은 내색하지 않았다. 지난번에 어지간히 감정이 상했을 텐데도 참아 주었다는 걸 감안해서.

미스터 박이 대문으로 나가는 걸 확인하고서야 강 노인은 기타를 집어 들었다. 서투른 솜씨를 들키고 싶지 않아서였다. 유능한 사람으로 믿었던 상사가 알고 보니 일주일 넘도록 기타 줄도 못 잡는다는 걸 안다면.

강 노인은 기타가 너무 어려웠다. 아무리 생각해도 자기한테는 예술적 감각이 없는 것이다. 그래서 기타 잘 치는 사람들을 존경하기로 했다.

반에서 가장 진도가 안 나가는 사람이 바로 강 노인이었다. 머리로는 이해가 되는데 몸이 둔했다. 겨우 손가락 움직이는 일인데. 그래서 젊은 선생에게 너무 미안하고 어린 학생들에게 부끄러웠다. 트럼펫도 첼로도 접고 선택한 터라 이나마도 못하면 구제 불능이라고 어금니를 깨물며 견디는 중이다.

어린애가 걸음마 떼듯 주춤거리고 있는데 초인종이 울렸다.

"아, 관리 업체 직원······."

그는 얼른 기타를 방에 들여놓고 문을 열었다.

잠시 뒤에 지난번 남자가 들어왔다. 목책기 견적서라도 들고 올 줄 알았는데 그가 탁자에 정중하게 내놓은 건 뜻밖에도 유리그릇이었다. 뚜껑을 잠시 열어서 보여 주는데, 양념이 다 된 음식이 들어 있었다.

"도토리묵입니다. 입맛에 맞으실지 몰라 조금만 가져왔습니다."

강 노인은 남자와 유리그릇을 번갈아 보았다.

"뇌물인가?"

"그런 짓은 안 합니다. 울타리와 관련해 좀 더 드릴 말씀이 있어서요. 그런 뒤에 최종 보고서를 박 비서님께 드리겠습니다. 무례하게 굴면 안 되는 분이라는 걸 충분히 알죠. 그러나 꼭 이렇게 뵙고 싶었습니다."

"울타리 경고 내용은 누구 생각이오?"

강 노인은 남자에게서 눈을 떼지 않으며 의자에 등을 기댔다.

"접니다. 극약 처방을 한 셈이죠."

협박을 작정했다는 뜻이었다. 그게 얼마나 경박스러우며 자신을 분노하게 만들었는지 강 노인은 굳이 설명하지 않았다. 그거야 언제든 따질 수 있다. 결과적으로 확실한 조치였고.

"지나치고 노골적인 경고지요. 불쾌하셨을 줄 압니다만, 여기가 사유지임을 분명히 할 필요는 있었어요. 지켜본 결과 침입자도 거의 없었고요."

강 노인은 한숨이 나오려는 걸 꾹 삼켰다. 나름대로 조사

한 모양이나 침입자가 어디 사람뿐인가. 그러나 더 이상 요구하는 건 무리다. 침입자란 어디까지나 사람을 두고 한 말이었으니. 더군다나 남자는 몹시 긴장해 있었다. 자기 생각을 차근차근 말하면서도 강 노인과는 거의 눈을 마주치지 못할 만큼.

"전에 말씀드렸다시피, 주변 마을에서 보자면 버찌산은 아주 중요합니다. 숨통 같은 곳이죠. 아이들이 여기를 들락거리며 자라나요. 제 어머니 같은 사람들에게는 여전히 쉴 곳이고요. 도토리묵은 버찌산의 선물이죠."

강 노인은 앓는 소리를 냈다. 그다지 듣기 좋은 소리가 아니다. 게다가 집요한 작자가 아닌가. 지난번에 다 하지 못한 이야기를 기어이 할 요량인 것이다. 동네 노인도 아니고 일을 맡긴 회사 대표를 상대로 감히.

"법대로 따진다면 여기를 들락거리는 건 분명히 위법입니다. 하지만 여기를 지금처럼 막거나 목책기를 설치하는 건 옳지 않다는 말씀을 드리고 싶습니다. 어린아이들과 쉬고 싶은 사람들이 여길 찾아와요. 옛날부터 그랬지요. 그때는 산 전체를 둘러친 울타리 자체가 없었어요."

남자의 말에 강 노인은 속이 뒤틀렸다. 그러니까 경고문은 자기 지시에 대한 반항인 셈이었다. 어떤 결과가 나타나는지 보라는 식의 반항. 물론 충분히 알았고 눈으로 확인했다. 솔직히 말하자면 거의 비명 지르고 싶은 심정이다. 그러나 이따위 태도에는 수긍할 생각이 조금도 없다. 결국 자신의 잘못을 따지겠다는 심산이지 않나. 주제넘게 어디라고 찾아와서 이따위 훈계를 한단 말인가.

강 노인이 고개를 비틀며 한마디 하려는데 남자가 먼저 다음 말로 막았다.

"저도 그런 아이 가운데 하나였습니다. 물론 잘못이라는 걸 알았죠. 그래서 더 호기심이 생겨 들락거렸다고 할까요. 아이들은 아지트 같은 걸 하나쯤 갖고 싶어 하지 않습니까."

갈수록 태산이다. 바른 생활 선생님처럼 굴더니만 아지트라니.

강 노인의 눈초리가 신경질적으로 찌그러졌다.

"혹시, 자네 아들이 그렇게 해도 놔둘 셈인가?"

"아마도. 네, 그랬을 겁니다. 제 아들도 이 산을 좋아했죠. 하지만 그런 호기심도 열 살 남짓이면 없어집니다. 아무나 그러는 것도 아니고, 그럴 용기가 있는 애들만 그러지요. 그런 애들을 위해서……."

"그게 용기라고?"

"금지됐다고 아무도 도전하지 않는 건…… 아니지요."

"지금, 무책임한 궤변을 늘어놓고 있다는 걸 아시오?"

깐깐하게 말꼬리를 세우면서도 강 노인은 남자를 뚫어져라 보았다. 단순히 관리 업체 직원인 줄 알았는데 좀 다르다는 생각이 든다. 그런데 남자가 말을 멈추고 탁자로 시선을 돌렸다. 강 노인의 말투가 워낙 냉정해서 실망하는 기색이 역력했다.

강 노인은 남자를 이해할 수가 없었다. 자기를 건드리면 거래처를 잃을 수도 있고 직장에서 책임 추궁을 당할지도 모르는데, 이렇게까지 나서니 말이다.

"아무래도 제가 무례를 범한 모양입니다."

머뭇거리던 남자가 결국 고개를 숙여 사과했다. 그가 쉽게 꼬리를 내리는 것 같아 강 노인은 안타까웠다. 너무 몰아세웠나 싶어 후회되기도 하고. 지금 저 뒤뜰의 난장판을 어떻게 좀 하라고 해야 할 상황이라.

남자가 일어서기 전에 기어이 나머지 말을 했다.

"그런 아이였기 때문에 저는 여기가 자랑스럽고 소중합니다. 여기를 관리하겠다고 자진해서 나섰지요. 그건 아마 박

비서님도 마찬가지일 겁니다. 어르신이, 이렇게 불러서 죄송합니다만, 저는 늘 어른이라고 생각했어요. 이번에 처음 뵈었지만, 이곳을 원래 상태로 유지해 달라고 하셨다기에 훌륭한 어른이 임자가 돼서 다행이다, 그렇게 생각했습니다."

남자가 다시 인사를 하고 돌아갔다.

"금지됐다고 아무도 도전하지 않는 건 아니다?"

그럴듯한 말이다. 맞는 말이기도 하다. 금지됐다고 도전하지 않으면 세상이 바뀌겠는가. 변화와 창조는 늘 금지에 대한 도전이 아닌가.

강 노인은 앉은 그대로 어두워지는 창밖을 물끄러미 바라보았다. 분명히 모든 이야기를 들었고 대부분 이성적으로 이해했다. 그런데 마지막 이야기가 그를 어지럽게 한다.

관리 업체 직원. 그는 아마도 버찌산 주변 어느 마을 태생인 모양이다. 버찌산을 아지트 삼아 다람쥐처럼 들락거렸노라 고백했다. 잘못인 줄 알고 있는데 여기를 자랑스러워하고 소중하게 생각한다, 는 말부터 혼란스럽다. 게다가 그다음 말은 또 뭔가. 훌륭한 어른이 이곳 임자가 됐다고 생각했다니. 이건 칭찬인가.

강 노인을 더 어지럽게 만든 건 박 비서라는 말이었다. 박

비서는 미스터 박이다. 그도 이 근처 어디 태생이고 비슷한 어린 시절을 보냈다는 소리다. 그리고 어쩌면 이들이 서로 아는 사이.

"이거야, 원……."

강 노인은 도무지 잠이 오지 않아 한참을 뒤척이다가 끝내는 일어났다.

결론은 간단하다. 버찌산을 사람들이 전처럼 이용하게 내버려 둬 달라는 것.

"그럼 정중하게 부탁할 것이지, 설교가 다 뭐야! 내가 세상 물정 모르는 늙은이라 한 수 가르치겠다는 거야 뭐야?"

어두운 천장에 대고 버럭 소리를 지르고 말았다. 자기가 깐깐하게 굴었던 이유도 간단하다. 자존심.

내일 아침에 학교에 가야 한다는 생각이 강 노인을 더욱 긴장시켰다. 거실을 돌아다니고 어두운 앞마당을 거닐다가 결국 그는 술을 한 모금 마셨다. 남자가 가져온 도토리묵을 안주 삼아서. 말만 들었지 처음 먹어 보는 음식이었다.

"도토리묵이 이런 거였어? 그런대로 뭐, 맛있군."

꼬끼오오오.

강 노인은 눈을 번쩍 떴다. 머리가 띵하다.

"아, 학교 가야 돼……."

침대에 엎어져서 웅얼웅얼. 학교 가기 싫어서 응석 부리는 아이와 다를 바 없었다. 어제 잠을 설친 탓이다.

꼬끼오오오.

"오냐, 그래……."

말만 그렇게 했지 강 노인은 그대로 잠에 빠지고 말았다. 세 번째 기상나팔 소리를 듣지 못할 정도로 깊이. 그리고 뒤뜰에서 막대기를 휘두르며 길길이 날뛰는 꿈을 꾸었다. 악몽이었다. 그를 구제한 것은 다급하게 걸려 온 전화였다.

미스터 박이었다.

"출발하셨는지 확인을……."

강 노인은 당장 전화를 끊었다. 시계를 보니 아홉 시가 넘었다. 이런 실수는 난생처음이라 뭘 어떻게 해야 할지 판단이 서지 않았다.

"정신 나갔군! 이게 무슨……."

그는 간신히 고양이 세수만 하고 옷을 대충 걸치고 달려나갔다. 수업 자료를 다 준비했는데 그걸 챙길 새가 없었다. 수석 명예 디자이너에게 어울리는 양복도 옷걸이에 그대로.

돌아가기에는 너무 늦었다. 버스를 놓치면 끝장이다.

허둥지둥 나왔지만 가게 앞으로 가면서는 정신을 가다듬었다. 장 영감이 평상에 앉아 그를 꼬나보고 있어서였다. 눈을 갸름하게 뜨고 살피는 게 강 노인의 정체가 궁금해 죽겠는 모양이다. 거기다가 백발의 헛소리 할망구까지.

"안녕하세요?"

헛소리 할망구가 먼저 부드러운 목소리로 알은체를 했다. 강 노인은 어색해서 고개를 끄덕이고는 마을버스에 올랐다. 장 영감이 투덜대는 소리가 뒤따라왔다.

"저런 영감탱이한테 인사는 무슨!"

강 노인은 어금니를 꾹 물고 장 영감을 외면했다.

학교까지 가는 동안 강 노인은 눈을 감고서 준비했던 자료를 차근차근 되뇌었다. 걱정할 것 없다. 남의 것을 베끼지 않았으면 기본 자료는 언제나 자기 머리에 들어 있는 법. 아이들에게 어려운 이야기를 할 것도 아니고.

사실 그는 수업 내용보다 다른 두 가지에 목적이 있었다. 피엘 아버지를 도와주고 싶은 순수한 생각이 당연히 먼저다.

다른 목적은 차마 그 자신도 인정하기 싫은 너무나 유치한 것이었다. 바로 상훈이. 녀석에게 자기가 누구인지 제대로 알려 주고 싶었다. 순수한 첫 번째 목적보다 그가 집중했던 목적은 바로 이것이라고 해야 옳다. 더 흥미를 느꼈으니까.

피엘과 상훈이가 같은 반이라는 사실이 그의 머릿속에서 집요하게 꿈틀거렸다. 스멀스멀 생겨난 오기가 결국 이렇게까지 하게 만들었다. 있지도 않은 수석 명예 디자이너라는 말까지 만들면서.

경영자로 더 오래 살아서 그렇지 그가 디자이너인 것까지 거짓은 아니다. 아무튼 그의 뜻대로 약이 오를지 어떨지 모르겠으나, 짓궂게도 그는 어떻게든 녀석의 빳빳한 콧대를 꺾고 싶었다.

미스터 박이 초조하게 강 노인을 기다리고 있었다. 역시 믿음직한 직원이다.

고마운 마음에 어깨라도 툭툭 쳐 주고 싶었으나 그는 목에 힘을 주고 앞장섰다. 먼저 온 피엘 아버지가 복도에 서 있었고, 뒷짐을 진 나이 지긋한 선생님들도 보였다.

"회장님, 제 저고리라도 벗어 드릴까요?"

미스터 박이 다가와 속삭였다. 강 노인의 후줄근한 차림이 걱정스러운 거였다.

"됐네. 저고리가 수업하나?"

"뒷짐 진 저분이 교장 선생님입니다. 원래는 교장실에서 차를 마시는 순서가 있었는데, 곧장 교실로 가셔도 됩니다."

강 노인이 그런 인사치레를 싫어해서 하는 소리였다. 그는 고개만 까딱했다.

복도에 서 있던 사람들이 다소 의아하다는 눈길로 강 노인을 위아래로 훑어보았다. 피엘 아버지만 처음에는 놀라고 곧이어 활짝 미소를 지었다.

선생님의 안내로 강 노인과 피엘 아버지가 교실로 들어갔고 아이들이 함성과 함께 박수로 맞이했다.

강 노인은 교실을 휘이 둘러보고 자기를 뚫어져라 보고 있는 두 아이에게 점을 찍듯 시선을 고정했다. 두 아이의 눈이 휘둥그레졌다. 특히 상훈이는 이게 무슨 상황인지 몰라 어리벙벙해졌는데, 그게 강 노인은 재미있었다.

선생님이 아이들에게 일일 교사를 소개하는 동안 강 노인은 피엘 아버지에게 속삭였다.

"말했듯이, 난 영어나 불어로만 이야기할 거요. 내가 보내 준 자료를 검토했으면 핵심을 파악했을 것이오. 순서가 조금 바뀌더라도 당황하지 말고 통역만 잘해요. 나는 건축 디자인 전문가, 오지안 씨는 통역 전문가인 거요."

"알겠습니다."

모두 숨죽인 가운데 강 노인은 영어로 건축에 관한 이야기를 시작했다. 천천히 차근차근 재미있게. 그것을 피엘의 아버지가 귀담아들었다가 아이들에게 쉽게 설명했다.

때로는 프랑스어를 쓰기도 했는데 그건 어디까지나 피엘의 자존심을 살려 주기 위해서였다. 더는 아버지를 부끄러워하지 않도록. 어쩌다가 강 노인이 자료에 없는 이야기를 꺼내면 피엘 아버지가 프랑스어나 영어로 되물어서 바로잡아주었다. 아이들은 두 사람이 여러 언어를 쓰는데도 자기들이 내용을 다 알아들을 수 있다는 데에 놀라고 흥미로워했다.

어렵고 거창한 이야기는 아니었다. 집에 관한 이야기였다. 집이 절실하게 필요했고 따뜻한 안식처가 너무나 그리웠던 어떤 아이가 집과 건물을 만들며 꿈을 이루는 내용이었다.

자기 일을 상대방에게 설명하는 데에 강 노인은 아주 유능한 사람이었다. 상대를 설득해야만 일을 따낼 수 있기 때문이었다. 그건 나이를 따질 일이 아니었고 인종이나 성별을 따져서도 안 되는 일이라서, 오늘 수업이 그에게는 오랜만에 일하는 것이나 마찬가지였다.

단 한 사람만 설득당하지 않았는데 바로 상훈이었다. 상훈이는 이 상황이 못마땅한지 계속 고개를 숙인 채 지우개로 책상을 문질러 댔다. 선생님도 알아채고 신호를 보냈지만 상훈이는 끝내 고개를 들지 않았다.

그리 길지 않은 시간이었다. 아이들은 강 노인을 디자이너로 늙은 자상한 할아버지라고 생각했고, 피엘의 아버지가 세 가지 언어를 완벽하게 하는 사람이라는 것을 알고 박수를 쳐 주었다.

그런데 상훈이가 손을 들었다.

"거인 할아버지는 우리말 못해요? 왜 여기 오셨어요? 진짜 하는 일은 뭔데요?"

삐딱한 표정에 볼멘소리. 누가 봐도 불손한 태도였다.

순간 모두가 상훈이를 보았다. "거인?" 그러면서.

강 노인은 속이 뜨끔했다. 역시 당돌하다.

이 시간은 일종의 포장이었다. 보여 주기 위한 작전. 그런데 다들 그냥 넘어가는 것을 기어이 짚고 만 녀석이다.

"조상훈! 어른한테 그런 실례를 하면 어떡해."

선생님이 당황해서 이쪽저쪽 눈치를 보았다. 그러나 상훈이는 삐딱하게 고개를 쳐든 채 강 노인에게서 눈길을 떼지 않았다. 창밖에 서 있던 선생님들도 한마디씩 하고 아이들도

157

상훈이를 보며 수군거렸다. 상훈이 얼굴이 점점 붉어졌다.

피엘 아버지가 강 노인에게 속삭였다.

"어떡하죠? 제가 설명할까요?"

강 노인은 됐다는 손짓을 하고 영어로 대답했다. 곧이어 피엘 아버지가 통역을 했는데, '오피엘의 후견인'이라는 부분에서는 목소리가 조금 떨렸다.

"나는 건축하는 사람이고, 오피엘의 후견인으로 왔다."

그런데 거의 동시에 교장 선생님이 말했다. 학교 대표답게 따끔한 말투로.

"그런 버릇없는 행동은 안 된다. 얼른 사과드려라."

교실이 조용해졌다. 거기 있는 사람들 모두 강 노인과 교장 선생님의 말을 다 들었다. 상훈이 역시 못 들었을 리 없었다. 그런데도 입을 꼭 다문 채 강 노인을 빤히 바라보기만 했다.

공기가 썰렁해진 가운데 침묵이 흘렀다. 분위기를 바꾸려는 듯 선생님이 또 얼른 설명했다.

"후견인은, 어떤 아이가 잘되도록 뒤에서 계속 도와주는 사람이란다."

"우아아! 피엘은 좋겠다!"

"대단하다, 오피엘!"

아이들이 한꺼번에 감탄하고 떠들어서 교실은 금방 시끄러워졌다. 교장 선생님의 따끔한 지적이 묻혀 버릴 정도로.

상훈이는 얼굴이 더욱 빨개져서 이기죽거렸는데, 다른 사람은 시끄러워서 못 들었는지 몰라도 강 노인은 똑똑히 들었다.

"이건 사기야!"

얼굴이 빨개진 탓이었는지 정말 눈물이 글썽였는지 모르겠다. 아무튼 강 노인은 울음이 터질 것 같은 상훈이 얼굴을 보고 말았다. 그러나 울지 않으려고 어금니를 앙다문 저 표정. 저런 표정 뒤에 얼마나 큰 절망이 도사리고 있는지 강 노인은 안다. 오래전 자신이 바로 그런 아이였으므로.

새 장 을
찾 아 서

　주저앉을 듯한 창고를 강 노인은 묵묵히 바라보았다. 이제
는 문도 열리지 않을 만큼 기울어진 어린 시절 그의 집이다.
아버지와 살았던 유일한 집. 창문도 없는 저런 곳에서 오 년
이나 살았다는 게 기적 같다.

　기적이 어디 그뿐이었을까. 강 노인의 인생 전체가 기적이
었다. 어머니를 모르고도 살아남았고, 아버지가 찾아왔고, 여
기 와서야 밥 냄새가 나고 엄마가 뜨개질하는 집이 진짜 집
이라는 걸 알았고, 사랑받는 아이는 예쁠 수밖에 없다는 걸
이 뜰에서 깨달았고, 아버지가 죽었어도 그는 여전히 살아남
았다. 그리고 이곳 주인이 되었다.

"그래서 나는 거인인가……."

강 노인은 씁쓸히 웃으며 고개를 저었다.

여기 와서 한 일이라고는 울타리를 단단히 치고 아이들을 막고 어린애를 상대로 감정싸움을 한 게 고작이다. 어쩔 수 없었으나 수치스러운 일이었다는 건 분명하다. 상대가 어린 애인데도 그는 머리를 굴려야 했고 감정을 낭비했다. 일터에서 경쟁하며 겪는 어려움과 뭐가 다른가. 이러자고 온 게 아닌데. 쉬면서 다르게 살고 싶었는데.

여기를 사들일 때는 복수심이 적잖이 작용했다. 그러나 남을 어쩌겠다는 게 아닌, 자신에 대한 보상 같은 거였다. 그런데 어쩌다 이렇게 됐을까. 정신 차리고 보니 어렸을 때 당한 그대로 남에게 퍼붓고 있지 않나.

그렇다고 당장 울타리를 없앨 마음은 없다. 눈곱만큼도! 무슨 일에든 감정을 앞세우면 동티가 날 뿐이다.

꼬끼오오오.

수탉이 첫 홰를 쳤다.

상훈이의 그 표정 때문에 강 노인은 잠을 이루지 못했고 수탉보다 먼저 아침을 맞아야만 했다. 흔들의자에서 아침이 오기만을 기다리는 동안 그는 줄곧 창고를 생각했다. 창고에 들어가 보고 싶다. 아버지 흔적이 뭐 하나라도 남아 있지 않을까. 그러나 벌써 55년이나 흘렀다.

여기로 돌아온 것은 운명일지 모른다는 생각도 했다. 여우도 죽을 때는 고향 쪽으로 머리를 둔다고 하지 않나. 그에게 여기는 아버지가 있는 곳이고 마음을 처음 빼앗긴 아이가 있는 곳이다. 어디서 태어났는지도 모르는 그에게 여기만큼 분명한 어린 시절은 없다. 돌아올 곳도 여기뿐이었으니 고향이랄 수밖에.

꼬끼오오오.

종아리까지 푹 젖은 채 강 노인은 향기롭게 꽃을 피우고 있는 해당화 쪽으로 갔다. 잔디가 너무 길어서 발등에 쿡쿡 걸렸다.

"잔디 깎기가 필요해."

관리 업체가 알아서 하던 일이지만 직접 하고 싶어졌다. 아버지가 여기서 허드렛일을 마다하지 않고 했었다는 게 그에게는 쓰라리면서도 소중한 기억이다. 창문도 없는 저 창고에서 아들과 살아 보겠다고 자신을 낮추던 사람. 바로 그 사실 때문에 첫날에도 여기를 걸어서 왔건만.

해당화 틈의 문을 밀고서 들어가는데 한숨이 절로 나왔다.

밤새 뒤뜰에서 또 어떤 난장판이 벌어졌을지. 생각만 해도 끔찍하지만 가 보지 않을 수 없다.

수탉이 마지막 홰를 쳤다. 마치 아무 일도 없다는 듯 태연하게. 하지만 뒤뜰 상황은 그저께보다 어제가 더 심각했고, 어제보다 오늘이 더 가관일 게 뻔하다.

"이봐, 덩어리 씨. 묘안이 없을까. 나는 늙은 몸뚱이, 자네는 배아 세포가 아닌가. 빛나는 지혜를 좀 내놓으란 말야."

뒤통수를 벅벅 긁으며 그는 뒤뜰을 휘이 둘러보았다. 그러다 굳어 버렸다. 하얗게 흩어져 바람에 흩날리고 있는 닭 털. 간밤에 기어이 일이 벌어진 거였다.

그는 머리에 전기가 오른 듯한 충격을 받았고 정신없이 사방을 두리번거렸다. 얌진이가 털을 몽땅 뜯기고도 살아 있기를 바랐지만 알몸뚱이 닭 같은 건 보이지도 않았다. 아는지 모르는지 태연하게 돌아다니는 수탉과 암탉들.

강 노인은 부아가 치밀어서 신고 있던 슬리퍼를 냅다 집어 던졌다.

"에잇! 네가 그러고도 가장이냐!"

꼬꼬댁, 꼬꼬꼬.

닭들이 놀라 허둥지둥 달아났다.

"병아리는? 설마 걔도?"

강 노인은 납작 엎드려 해당화 밑을 들여다보았다. 곧이어 온 얼굴에 활짝 미소가 번졌다. 겁에 질려서 웅크리고 있는 노란 병아리를 본 것이다.

살아남으려고 몸을 숨기고 있는 병아리가 너무나 기특하다. 살그머니 집어 손바닥에 올리고 보니 세상에 이렇게 예쁜 새끼가 또 있을까 싶다.

갑자기 유리가 생각났다. 얼른 병아리를 보여 주고 싶다. 하지만 울타리 문은 닫혔고 아이들은 들어오지 않을 것이다. 그는 손바닥을 간질이는 병아리 발톱을 느끼며 뒤뜰을 천천히 돌아다녔다. 여기저기 널린 달걀 껍데기들을 보니 어젯밤에도 뒤뜰에서는 한바탕 전쟁이 벌어졌던 것 같다.

"이제 어떡하지?"

그는 멀거니 서서 주위를 둘러보고 병아리를 보았다. 오늘은 기타 수업이 있는 날이라 집을 비운다. 이 병아리를 어디에 감춰야 안전할까.

"미스터 박을 부를까? 아냐. 내가 얼마나 우습겠어. 바구니 같은 데 넣어서 도서관에 데려가? 아이고, 그 꼴이……. 장 영감? 천만에! 그 뺑쟁이가 무슨 소문을 낼 줄 알고. 더구나

그 녀석은 날 때리던 놈이야."

병아리를 두 손에 받쳐 들고서 강 노인은 뒤뜰을 뱅글뱅글 돌았다. 병아리 때문에 깨진 달걀 껍데기 같은 건 눈에 들어오지 않았다. 그러다가 암탉을 보았다. 혹시나 하고 옆에다 병아리를 놓았더니 제 새끼 아니라고 되레 쪼려고 든다.

"인정머리 없기는!"

이럴 때 유리가 들어오면 얼마나 좋을까!

다시 병아리를 받쳐 들고 오락가락. 뭘 좀 먹여야 할 것 같아서 또 여기저기를 기웃기웃.

결국 집 안으로 데리고 들어왔다. 고양이도 청설모도 심지어 닭들도 믿을 수가 없다. 도서관에 다녀올 때까지 집 안에 두는 수밖에. 그리고 방법을 찾아야 한다.

아래층은 가구가 많아서 어디 숨기라도 하면 찾기 어렵다. 다락방이 낫다.

그는 우왕좌왕 돌아다니며 병아리의 임시 거처를 마련했다. 쌀을 곱게 찧어서 물이랑 갖다 주고, 텃밭에서 푸성귀도 몇 장 뜯어다 주고, 고개를 갸웃하면서도 치즈까지 챙겨 주었다.

아래위층을 몇 차례 오르락내리락했더니 머리가 띵했다.

진이 다 빠졌으니 뭐라도 좀 먹어야 하는데 미처 준비를 못 했다. 곧 나가야 할 시각. 그래도 탁자에 메모지를 남겼다.

  잔디 깎기가 필요하네.
  작고 성능 좋은 것으로.

뜯어 온 상추를 씻어서 치즈랑 대충 먹었다.
"병아리 식단이랑 똑같네."
강 노인은 기타를 들고 나가다가 다시 다락방으로 갔다. 병아리는 아직도 두려운지 콩 같은 눈으로 두리번거리며 삐악 거리고 있었다.
"좀 먹어 가면서 있어라, 응? 내가 방법을 좀 찾아보마."
버스를 타러 가면서도 걱정이 태산이었다. 그동안 쌀 조각 하나라도 먹으면 좋을 텐데, 혹시라도 죽어 있으면 그걸 어 떻게 하나 싶어서.
아이들은 벌써 공터에 나와 놀고 있었다. 유리는 연립 주택 앞에서 줄넘기를 하고, 남자애들은 야구공을 주고받거나 축 구공을 높이 차올리는 중이었다. 상훈이만 혼자서 손잡이를 놓고 자전거를 타면서 빙빙 돌고 있었다.

피엘이 옆에 없는 게 강 노인은 마음에 걸렸다. 자기 때문에 둘 사이가 멀어진 게 아닐까. 후견인 발언에 피엘이 아이들의 시선을 한 몸에 받는 걸 그는 보았다. 피엘 아버지까지 나중에 그 말이 사실인지 물었을 정도니까.

마침 버스가 올라와서 아이들이 노는 걸 중단했다. 상훈이도 자전거를 멈추며 이쪽을 보았는데 강 노인과 눈이 마주치자 획 돌아서 가 버렸다.

"다녀오겠습니다!"

가게에서 미호가 뛰어나왔다. 장 영감도 뒤따라 나왔다. 그런데 강 노인을 보더니 이내 못마땅한 표정으로 고개를 돌려 버리는 게 아닌가. 강 노인도 어금니를 꾹 물고 버스에 올랐다. 미호가 강 노인의 기타를 부러운 듯 잠시 돌아보았다.

강 노인과 미호는 몇 걸음 거리를 두고 도서관까지 갔다. 미호도 뒤에 강 노인이 있다는 걸 알았고 강 노인도 줄곧 미호를 지켜보며 걸었다.

먼저 말을 건 사람은 강 노인이었다. 그것도 미호가 기타 교실을 지나쳐 열람실로 갔기 때문이었다.

"미호야!"

미호는 놀라지 않고 강 노인을 보았다. 마치 자기 이름을 부를 줄 알고 있었던 것처럼. 놀란 사람은 강 노인이었다. 동네 아이를 이렇게 스스럼없이 부르게 될 줄 몰랐다. 생각해 보면 이상한 일도 아니다. 친구 손녀가 아닌가. 단 한 번도 친구라고 생각해 본 적은 없지만, 뭐 어쨌든.

"나 때문에 곤란했지? 미안하다."

"괜찮아요."

씩 웃는데 그 모습이 침착해 보였다. 전교 일등이라는 말은 허풍이 아닐 것이다. 장 영감에게 미호는 보석 같은 아이가 분명하다.

"할아버지가 왜 그렇게 화를 낸 거지?"

할아버지. 장 영감을 그렇게 부르면서 강 노인은 가슴이 싸아해지는 걸 느꼈다.

이제껏 그에게 장 영감이란 자기를 괴롭히던 어린 시절 악동에 불과했다. 오랜 세월이 흘렀지만 첫날 허풍쟁이 악동을 알아보는 건 그리 어렵지 않았고, 하찮게 늙어 버렸다고 생각했다. 그게 사실이라도 이렇게 야무져 보이는 소녀의 할아버지인 것이다. 강 노인은 새삼스레 그 사실이 쓸쓸했다.

"기타 때문이냐? 아니면……."

미호는 어깨만 으쓱했다. 표정이 좋지 않았다.

"그냥요. 저 지금 열람실 가서 자료 찾아야 해요."

미호가 뒷걸음질을 치며 인사했다.

"얘야. 혹시, 나 좀 도와줄 수 있겠니?"

미호가 눈을 좀 더 동그랗게 뜨며 무슨 일이냐는 표정을 했다. 호기심이 생기는지 살짝 웃기도 했다. 생각보다 아이들은 괜찮은 구석이 많은 것 같다.

"흐음, 저기 말이다, 새장 같은 게 필요해서. 어디로 가야 살 수 있을까?"

"새장은 왜요?"

강 노인은 잠시 망설이다가 머리를 긁적이며 말했다.

"병아리가 태어났는데, 고양이들이……."

"우아! 정말이에요?"

미호는 거의 비명을 질렀다. 그러고는 곧 두 손으로 입을 막았는데 동그래진 눈은 어쩔 수 없었다. 미호는 무슨 사정인지 충분히 안다는 듯 고개를 끄덕였고, 수업이 끝나면 만나자고 했다.

안 그래도 더딘 손가락이 오늘은 더 엉망이었다. 가슴이 벌렁거려서 강 노인은 도저히 집중을 못 했고, 다른 사람들을 계속 방해하고 말았다. 고작 미호랑 새장을 찾으러 가는 일

이다. 그런데 이토록 가슴이 뛰는 건 그에게 난생처음 일어
난 일이기 때문이었다. 덕분에 수업을 망치고도 별로 절망하
지 않았다.

시장으로 상가로 새장을 찾아다녔다. 미호랑 둘이서. 그런
데 새를 키울 게 아니라 병아리를 가둘 거라는 데서 늘 걸렸
다. 마지막 상점에서는 엉뚱한 걸 권했다.

"바깥에 둘 거고, 안전해야 하고, 병아리가 돌아다닐 만큼
넓은 새장이라……. 주문 제작 하는 수밖에요. 차라리 모기장
이 어때요? 그거라면 충분히 넓고, 지퍼가 달려서 사람이 드
나들 수도 있고, 밑을 고정하기도 편하죠."

"모기장이 있소?"

"에이, 요즘에 누가 모기장을 쓰나요."

강 노인은 실망했다. 그런데 미호가 강 노인의 팔을 살짝
흔들었다.

"그건 우리 집에 있어요. 우리 동네에는 아직도 모기장 쓰
는 집 많거든요. 우리는 창문마다 방충망 설치해서 그거 안
써요."

강 노인은 기쁨을 감출 수가 없었다. 그렇지만 장 영감 생
각에 금방 찜찜해졌다. 할아버지가 마음에 걸리는지 미호도

마을버스를 타고 오는 내내 창밖만 내다보고 말이 없었다.
강 노인이 포기하든지 거래를 하든지 해야 할 판이었다.

그런데 버스에서 내리기 전에 미호가 먼저 말했다.

"거인 할아버지, 모기장 치게 도와달라고 친구 좀 부를까요? 걔는 키가 커요."

강 노인은 고개를 갸웃했다. 미호가 말이 없었던 게 다른 이유였나 보다.

"오늘 안으로 끝내야 해. 병아리를 방에 두는 건 좋지 않을 거야."

미호가 고개를 끄덕였다.

강 노인은 마음이 영 편치 않았다. 아이한테 도둑질을 시킨 기분이다. 모기장을 꺼내 오면서 장 영감에게 사실대로 말할 리 없지 않은가.

"미호야! 할아버지가 뭐라고 하면, 강대수가 돌아왔다고 해라."

장 영감의
방 문

미호가 모기장 한 뭉치를 끌어안고 먼저 들어왔다. 곧이어 정말로 키가 큰 소년이 따라 들어왔는데, 그제야 강 노인은 미호가 왜 그렇게 기타 교실에 넋을 빼앗겼는지 알 것 같았다. 기타 교실에서 놀라운 실력자로 인정받는 소년이었기 때문이다.

"친구예요. 김윤재, 본 적 있으시죠? 그래도 넌 정식으로 인사드려라."

"안녕하세요? 할아버지가 진짜 여기 주인이에요?"

기타 칠 때의 진지하던 모습과 달리 소년은 어린애 같은 표정으로 사방을 둘러보았다. 표정과 달리 변성기에 접어든 목소리. 강 노인은 두 아이가 신기했다. 자기한테도 저런 시절이 있었을 텐데 도무지 기억이 안 난다.

"얘는 여기가 정말 궁금했대요. 저는 어렸을 때 많이 들어와 봤지만, 얘는 한 번도 그러지 못했대요. 그래서 말씀드린 거예요. 아시죠? 얘는 장래에 진정한 기타리스트가 될 거예요."

"에이, 아직 멀었어요. 미호 아빠처럼 되려면 까마득해요."

"으ㅎㅎㅎ, 맞아. 우리 아빠가 아직은 최고지!"

강 노인은 미호 웃음소리가 뜻밖이었다. 마음 놓고 웃으니 영락없이 장 영감 목소리가 난다. 저 야무진 얼굴 어디에 저런 너스레 같은 웃음이 숨어 있었는지. 놀라운 유전자가 아닐 수 없다.

"사실은 미호도 기타 좀 쳐요. 할아버지 때문에 못하는 거죠. 그래도 몰래몰래 빌려서 배워요."

"윤재, 그만 떠들어라."

둘이 웃고 장난치는 걸 강 노인은 물끄러미 바라보았다. 그가 짐작한 것 이상의 이야기가 들어 있는 대화다.

이제껏 가겟방에서든 그 언저리에서든 미호 엄마나 아빠로 보이는 중년 남녀를 본 적이 없었다. 그것을 그다지 이상하다 생각해 본 적도 없었다. 장 영감부터가 관심 대상이 아니어서 그랬을 것이다.

강 노인은 미호가 들어올 때부터 장 영감 이야기를 내심 기대하고 있었다. 미호가 말을 전했으면 어떤 반응이든 있었을 텐데. 강대수라는 이름을 아예 잊었다면 몰라도.

두 아이는 집 안 여기저기를 기웃거렸고 미호는 피아노를 보자마자 비명을 지르며 달려갔다. 솔직히 강 노인은 아이들이 자기 공간을 마음대로 돌아다니는 게 별로 내키지 않았다. 그러나 지금은 어쩔 수 없다.

"거인 할아버지, 이것 좀 쳐 봐도 돼요? 저는 정말로 이 집이 어떤지 궁금했어요. 뒤뜰에는 어떻게든 들어올 수 있지만 집은 늘 잠겨 있었거든요. 할아버지가 그랬어요. 이 집 안에는 뭐든지 다 그대로 있다고. 그런데 정말이네요! 피아노가 있어요!"

"우아아! 이거 진짜 좋은 피아노야!"

두 아이는 허락도 받기 전에 피아노 앞에 앉았고, 뭐라고 수군거리더니 장단 맞춰 건반을 두드렸다. 그런데 마치 연습이라도 한 것처럼 죽이 맞는 경쾌한 소리가 긴장해 있던 강 노인의 기분마저 싹 바꿔 주었다.

175

"그건 학교에서 배우는 거냐?"

미호가 웃으며 고개를 저었다.

"이건 꼬맹이들도 다 아는 거예요. 젓가락 행진곡이라고, 유리도 치는걸요."

"유리도? 그 꼬맹이가, 흠!"

"유리는 아침마다 여기 왔다가 실망해서 돌아가요. 유리만 들어오게 하시면 안 돼요? 걘 아직 어리잖아요."

강 노인은 잠자코 돌아섰다. 그는 어린애 한마디에 결단을 내릴 사람은 아니었다. 말을 아껴야 하는 자리에서 오랫동안 일한 탓이다. 그렇다고 마음에 갈등이 없는 건 아니었다.

관리 업체 직원도 비슷한 말을 했다. 열 살 남짓이면 여기에 대한 호기심도 사라진다고. 미호도 어렸을 때 말고는 뒤뜰에 들어오지 않은 것 같다.

대답하고 싶지 않아서 강 노인은 말을 돌렸다.

"유리는 인사할 때 왜 무릎을 까딱하지?"

"으ㅎㅎㅎ, 만화를 너무 많이 봐서 그래요. 걔는 자기가 공주인 줄 알거든요. 만화에 나오는 공주들이 그렇게 인사하잖아요."

미호가 다시 건반을 두드렸다. 집에 피아노가 없는 것 같은

176

데도 기본적인 교습을 받은 티가 난다. 요즘 아이들은 다 저런가. 사뭇 부러운 모습이 아닐 수 없다. 그에게 악기란 특별한 사람의 특별한 것. 감히 어떻게 할 수 없는 것이다. 저 피아노도 집 안의 장식품 이상으로 생각해 본 적이 없다.

"아, 거인 할아버지. 제가 젓가락 행진곡 가르쳐 드릴까요? 근데 이건 둘이서 쳐야 신 나요. 저나 유리랑 하시면 돼요."

강 노인은 잠자코 먼저 뒤뜰로 갔다. 한 번 들어왔다고 계속 드나들 수 있을 것처럼 말하는 게 순간 거슬렸기 때문이다. 고작 이런 마음이 드는 게 못마땅하지만 그게 솔직한 심정이었다.

두 아이도 얼른 뒤따라 나왔다.

모기장을 나뭇가지에 걸어서 치고, 아래쪽을 땅에 묻거나 돌멩이로 눌렀다. 강 노인도 모르던 사다리를 찾아오고 일이 되게끔 윤재에게 일을 시키는 미호를 보면서 강 노인은 처음으로 장 영감이 부러웠다.

아이들이 돌아갈 때 강 노인은 모아 둔 달걀을 바구니째 주었다. 미호가 수탉 주인이라니 당연히 줘야 하는 것이기도 했다.

미호는 끝내 장 영감 이야기를 꺼내지 않았다. 가겟방 영감이 아마 강대수라는 이름조차 기억하지 못하는 모양이다. 너무 많은 세월이 흐르기는 했다. 게다가 고작 오 년. 짧은 시간은 아니지만 어린 시절 기억이란 아득하게 마련이고, 형제처럼 붙어살았던 동네 아이들에게 강대수라는 아이는 지나가는 바람 정도였을지 모른다. 아니다. 있을 수 없는 일이다. 어떻게 잊을 수 있단 말인가. 자기한테는 이토록 생생한 아픔을 남겨 놓았는데!

어둠이 깔리도록 강 노인은 뒤뜰에서 서성거렸다. 다락방에서는 시무룩하던 병아리가 아상아상 걷고 부리로 흙을 쪼는 모습을 보니 잘 견딜 거라는 믿음이 생겨났다. 하지만 상대는 약아빠진 고양이다. 녀석의 발톱이 이 헐렁한 모기장을 찢을까 봐 마음이 놓이지 않는다.

결국 그는 손전등과 식탁 의자를 들고 나왔다. 그리고 모기장에서 병아리와 함께 밤을 보냈다. 너무 추워서 눈을 떴을 때는 아직 어두운 새벽이었는데, 그에게 두툼한 담요가 둘려 있었다.

"미스터 박······."

담요를 머리까지 뒤집어쓰고 강 노인은 휘청휘청 집 안으로 들어갔다. 그리고 침대에 웅크린 채 기절하듯이 잠에 빠졌다.

　날이 훤해지도록 그는 일어나지 못했다. 독감에 걸리고 만 것이다. 그가 정신을 차렸을 때는 벌써 의사가 다녀가고, 집 안이 정리되고, 부엌에 따뜻한 음식이 준비되어 있었다. 잔디 깎기가 도착했다는 메모도 있었다.

　"이렇게 부실해서야 원, 기계나 밀 수 있겠나……."

　그는 담요를 두른 채 뜰로 나갔다. 대문이 열려 있는 것으로 보아 기계가 지금 막 도착한 모양이다. 대문 쪽으로 가는데 두런두런 말소리가 들렸다. 배달 직원이 기계를 가져오고 미스터 박이 확인하는 중이었다. 그런데 옆에 상훈이도 있었다.

　강 노인은 대문 뒤에서 상훈이가 기계에 흥미를 보이는 모습을 지켜보다가 잠자코 돌아섰다. 그리고 기계가 뜰까지 옮겨지는 것을 거실에서 내다보았다.

　상훈이는 무릎까지 꿇고 앉아서 기계를 요리조리 살폈고, 미스터 박이 시험 삼아 기계를 작동할 때는 자기도 해 보고 싶어서 안달이었다. 그러나 미스터 박이 뭐라고 하면서 상훈이를 내보냈다. 아쉬운 듯 돌아보고 나가는 그 모습은 안쓰럽기까지 했다.

　"저 녀석은 나랑 비슷한 데가 있어……."

잠시 뒤에 미스터 박이 들어왔다.

"한번 해 보시겠습니까? 생각보다 사용법이 간단합니다만."

"그거 하나 못할까."

"네, 그럼. 그리고 이런 말씀을 드려야 할지 모르겠습니다
만……."

미스터 박이 잠시 뜸을 들였다. 강 노인은 부러 시큰둥한
척했다. 그러나 속으로는 결국 비서를 새로 채용해야 될 모
양이라고 짐작했다. 어차피 사람은 만나면 헤어지게 돼 있는
법. 삼십 년이면 오래 견뎌 준 셈이다.

"요점만 말하게."

"아침부터 대문을 기웃거리는 사람이 있습니다. 사실은 어
젯밤에도 그랬습니다만, 왜 그러는지 도무지. 뭘 물으려고 하
면 안 그런 척하시고."

"누군데?"

"종점 버찌마트 장호배 영감님입니다."

강 노인은 놀라서 미스터 박을 힐끔 보았다. 가겟방 장 영
감이 강대수를 기억한다는 증거다. 뭘 어쩌려고 대문을 기웃
거렸을까.

"혹시, 제가 모르는 특별한 일이라도……."

강 노인은 고개를 저었다. 아무 말도 하지 않았다. 미스터 박은 잠시 머뭇거리다가 조용히 나갔다.

그는 흔들의자에 앉아서 기다렸다. 장 영감이 찾아온다면 만나지 못할 이유가 없다. 미호에게 이름을 가르쳐 주었을 때 이미 각오한 일이다. 서로 모르고 살아도 상관없지만 찾아온다면 볼 수밖에. 결코 반갑지 않은 인물이지만.

장 영감은 초인종을 누르지 않았다. 강 노인이 거실을 몇 바퀴나 돌고 다락방을 오르락내리락하고 거실 창문에 붙어서 몇 번이나 밖을 내다보았건만 그림자도 얼씬거리지 않았다. 그러고 있는 자기가 못마땅해서 강 노인은 화가 났다.

"뭐가 반갑다고 이렇게 목을 빼고서!"

그는 휑하니 뒤뜰로 갔다.

몸 상태가 좋은 건 아니지만 오후 햇살이 가득한 뒤뜰은 산책하기 그만이었다. 병아리를 들여다보고 무성해진 채마밭을 지나 연못까지 천천히 돌아보았다. 그새 다 개구리가 되었는지 올챙이가 한 마리도 보이지 않았다. 우무질에 싸인 도롱뇽 알도 없어졌고.

산책은 그를 침착하게 했고, 깐깐하고 점잖은 태도를 되찾아 주었다. 그래서 장 영감이 현관에 들어서는 걸 무심히 건

너다볼 수가 있었다.

그러니까 장 영감이 찾아온 것은 사방이 어둑해질 무렵이
었다. 미스터 박 말대로 아침부터 기웃거렸다면 장 영감 또
한 온종일 망설이다 찾아온 것이다. 어쩌면 지난밤부터 그랬
을지 모른다.

"아이고, 나 원! 이렇게 높은 양반이 돼서 돌아올 줄 몰랐
지, 뭐!"

장 영감의 허풍은 목소리에서 시작된다. 그는 허리를 반밖
에 못 펴고 잰걸음으로 들어와 소파에 앉았다. 웃고 있지만
어색하기 짝이 없는 얼굴이라 강 노인은 그를 똑바로 보지
않았다. 강 노인의 태도에 장 영감의 표정이 굳어졌다. 엉덩
이를 달싹이는 게 그냥 돌아갈까 싶은 모양이었다.

"하고 싶은 말이라도 있소?"

강 노인의 말꼬리가 비틀리는 바람에 장 영감은 자기가 너
스레를 떨 자리가 아니라는 걸 단박에 알았다. 그는 영양가
도 없는 동네 역사를 죽 이야기하다 말았다. 강 노인 반응이
시큰둥해서였다. 동네에서 난 인물들을 죽 끄집어내다가도
중단. 자기 젊었을 때 이야기도 풀다가 중단. 그러면서 장 영
감은 점점 표정이 굳어졌고 벌 받는 아이처럼 불편해했다.

강 노인이 어떻게 해 줄 수도 없는 노릇이었다. 애초부터 둘의 관계는 이만큼 불편했으니까. 단 한 번도 친구가 아니었고.

마침내 장 영감 목소리는 침울할 정도로 가라앉고 말았다.

"저번에 기타 가지고 뭐라고 해서, 미안하네. 미호 때문이지, 뭐. 일찌감치 부모 잃은 불쌍한 놈을 핏덩이 때부터 혼자 키웠거든. 나한테는 그놈이 전부라."

처음으로 강 노인이 장 영감을 보았다.

장 영감은 깍지 낀 손을 오무락거리며 탁자만 내려다보고 있었다. 더 듣지 않아도 힘겨운 일을 겪어 냈다는 걸 충분히 짐작할 수 있었다. 그런 이야기는 하지 않아도 된다고 말해 주고 싶을 만큼 장 영감은 우울해 보였다.

"자네 인생은 참 대단하네그려."

다시 한 번 용기를 내듯 장 영감이 목소리를 높였다. 그러나 강 노인을 슬쩍 보고 또 시선을 돌렸다.

"내 손녀딸한테 자네 이름을 듣고 알았지. 울타리를 저렇게 막은 것이며, 열쇠를 내놓으란 것이며. 사실 처음 봤을 때부터 뭔가 이상하다 싶긴 했는데, 그 시절 강대수일 거라고는 생각을 못 했네. 되갚아 주고 싶은 심정인가 보네만, 곳간에서 인심 난다고, 좀 봐주시게."

"……."

강 노인은 눈살을 찌푸렸다. 동네 유지라서 오지랖 넓게 나선 모양이다. 봐주기는 뭘 봐주고, 누구를 봐주란 말인가.

"유리 할멈한테 여기가 전부라는 걸 자네도 알 게 아닌가."

헛소리 할망구 이야기다. 강 노인은 뒤통수가 뻐근해지는 걸 느꼈다. 이자의 말이 뒤통수의 혹마저 자극할 만큼 듣기 거북하다. 어린 시절 그것도 인연이라고, 해결해 주마 허풍을 친 게 뻔하다.

"피엘 후견인인가 돼 준다고 했나시. 고마운 일이야. 경수가 고마워할 거야."

순간 강 노인 얼굴에 주름살이 가득 잡혔다. 경수, 이경수. 그 이름이 왜 갑자기 나왔을까.

눈치를 챘는지 장 영감 목소리에 또 힘이 들어갔다.

"아, 피엘이 경수 외손자거든. 걔가 자네를 좀 괴롭혔나. 그런데도 이렇게 보살펴 준다니 말야. 하긴, 나도 여기서는 할 말이 없구먼. 아, 어렸을 때 사내 녀석들이란 죄다 뭐. 흐음."

강 노인은 한 손으로 머리를 짚고 정신을 가다듬었다.

피엘. 그 아이를 보고 어떻게 경수라는 악동을 상상하겠나. 그가 아는 피엘은 프랑스 남자의 아들이고 모범생이다. 솔직히 피부색이 달라서 눈에 띄었고, 그래서 문득 입양 갔을 때의 자기 자신을 떠올릴 수밖에 없었다. 그래서 후견인이 되어도 좋겠다고 최종 결정했고, 벌써 문서 작성까지 마쳤다. 그런데 이경수의 외손자라니.

"경수는 아버지가 없는 애였잖나. 알지?"

몰랐다. 전혀. 경수에 대해서는 자기를 집요하게 괴롭히고 울린 나쁜 놈이라는 것밖에 기억하지 못한다.

아까부터 거슬렸다. 장 영감은 강 노인도 자기만큼 안다고 생각하는지 자꾸만 되묻는데, 대체 뭘 안단 말인가. 유리 할멈이나 경수 아버지에 대해 아는 바 없다. 강 노인에 관한 이야기를 꺼내지 않는 걸 봐서는 그 시절이 이들에게는 아주 다르게 기억된 모양이다. 엇갈린 차선처럼 아주 다른 상황. 그래서 불편하다.

"경수는 철로 보수원으로 평생 살았어. 인생이 안 풀렸지. 그러다 결국 철로에서 사고를 당했고. 멀리 외국 같은 데 나가서 살고 싶어 했는데, 그저 철로 보수나 하다 죽은 거지. 대신 먼 나라 사위를 보지 않았겠나. 아마 자네를 내내 부러워했던 게 아닌가 싶어. 처음부터 자네를 집적거린 건 그래서였을걸."

"……."

"자네한테 밀리기 싫었던 거지. 남자들은 본능적으로 자기 적을 알아보잖아. 아무리 어려도 애들도 사람인지라. 어른들은 자네만 보면 영특하다 칭찬하고, 송이도 자네를 좋아했고."

심장에서 툭 소리가 나는 듯했다. 뭐라도 끊어진 것처럼 어지럽다.

송이. 어떻게 그 이름을 아무렇지도 않게 말할 수 있는지. 하긴. 강 노인에게나 말 붙이기도 어려운 공주였지, 이들은 어려서부터 어울린 사이었다. 그런데 송이가 자기를 좋아했다니. 그런 오해가 결국 그를 괴롭힌 셈이다. 남부러울 것 없는 계집애가 일꾼 아들을 어떻게 대했는지도 모르고.

이번에는 강 노인이 시선을 떨군 채 고개조차 돌리지 못했다. 혼란스럽다. 길지 않은 이야기 속에 너무나 많은 시간과 사연이 들어 있다. 그것도 자기 기억과 다르게. 가슴이 모래가 돌아다니듯 또 쓰라렸다.

"자네는 어디서 왔는지 알 수 없는 애였고, 어느 날 갑자기 사라져 버렸지. 우리하고는 얼마 안 지냈지만 우린 가끔 자네 이야기를 했어. 특히 경수가. 자네처럼 여기를 떠났으면 했던 것 같아. 좋은 아버지에다 운이 억세게 좋은……."

186

순간 강 노인은 자기 입을 막았다.

운이 억세게 좋은, 이라니. 이들이 강 노인을 그렇게 기억한다는 뜻이다. 몸이 떨리기 시작했다. 걷잡을 수 없을 것 같아 불안하다.

강 노인은 깊이 뉘우쳤다. 여기로 돌아온 것을. 피해 갈 수도 있는 진흙탕에 일부러 발을 디디고 말았다. 그래서 이런 순간을 맞고 말았다.

"결국 이렇게 높은 양반이 돼서 돌아왔구먼."

"흐어……."

강 노인은 자기도 모르게 얼굴을 문지르며 비명을 질렀다. 가슴속에서 불덩이가 솟구칠 것만 같다. 울음이 터지려고 해서 그는 다시 입을 막았고, 이를 악물고 참았다. 간절하게 미스터 박이 들어와 주기를 바랐건만 소용없었다. 가슴이 점점 더 꿈틀거리는 게 도저히 참을 수가 없다.

그는 간신히 문을 가리켰다.

"나가, 당장!"

"이봐, 괜찮나?"

장 영감이 강 노인 옆으로 왔다. 강 노인은 머리를 움켜쥐고 이성을 잃지 않으려고 버텼다. 비상 버튼을 침대 옆에만다는 게 아니었다. 바로 여기, 지금 당장 필요하다.

　그는 신음했다.

　"억세게 운이 좋아?"

　장 영감이 멈칫했다.

　"내 아버지가 죽었어. 여기서⋯⋯."

　"그건, 사고였어."

　사고?

　그 말은 차마 그의 목구멍에서 나오지 못했다. 눈물에 묻히고 분노에 싸여 원망 가득한 눈초리에 담겨 장 영감에게 전해졌을 뿐이다. 저 얼굴을 두들겨 팰 수 있다면 얼마나 좋을까. 장 영감을 쏘아보면서 강 노인은 온몸을 떨었다.

　장 영감 얼굴이 두려움으로 굳어졌다. 이렇게까지 무서운 눈을 그는 본 적이 없었다. 그리고 비로소 자기가 보고 있는

사람이 얼마나 힘들었는지 알 것 같았다. 아무리 어려도 남을 괴롭힌 것은 잘못이고, 시간이 지나도 없었던 일이 되지 않는다는 사실도 깨달았다.

　장 영감은 당장 여기서 도망치고 싶었다. 그러나 엉거주춤 나가려다 말고 어깨를 늘어뜨리고 돌아섰다.

　"우린 짓궂었을 뿐이지만, 자넨 아버지가 그렇게 돼서…….
미안하네."

또 하나의
열   쇠

또 한 차례 김 박사와 경영진이 다녀갔다. 이번에는 강 노인이 비상 버튼을 누른 것도 아니었다. 미스터 박이 들렀다가 놀라서 한 일이었다. 강 노인은 비상 버튼을 누를 정신마저 놓아 버린 것이다.

꿈을 꾸었다. 아버지가 그의 가슴으로 떨어지는 꿈. 아버지를 받았어야 했는데 그가 너무 어려서 가슴이 깨져 버렸다. 어둠 속에서 아버지 얼굴을 껴안고 얼마나 울었는지. 아버지가 죽으면 끝이라서. 갈 곳도 없고 영원히 혼자라서.

너무나도 선명한 꿈이었건만 눈을 뜨는 순간 안개처럼 희미해졌다. 그러더니 갑자기 어린 송이가 떠올랐다. 다시는 기억하고 싶지 않은 그날, 분홍 드레스 차림으로 도도하게 말하던 모습. 뒤뜰에 오고 싶으면 공주한테 절하는 것처럼 깍듯하게 머리를 숙여 봐.

그는 절대로 고개를 숙이지 않았고, 송이를 몹시 화나게 했다. 무슨 일인지 그때 동네 아이들이 죄다 뒤뜰에 모여 놀고 있었다. 오직 강 노인만 들어가지 못했다. 그날 아버지가 나무에서 떨어졌고, 그의 어린 시절은 모두 끝나 버렸다.

강 노인은 모처럼 뒤뜰로 나갔다. 너무 오래 누워 있었다. 이제 정신을 차려야 한다. 더는 그런 꿈에 시달리고 싶지 않다.

천천히 잡목 사이로 난 길을 따라서 걸었다. 걷다가 쉬고, 또 걷다가 쉬면서 아주 천천히 그는 골짜기를 지나고 비탈길을 올라갔다. 그리고 너럭바위에 다리를 뻗고 앉았다.

"그리 심각한 상황은 아니로구먼."

주먹으로 다리를 툭툭 치며 강 노인은 중얼거렸다.

"걱정했는데, 괜찮으시네요."

뒤에서 피엘 아버지 소리가 났다. 뒤따라온 모양이었다.

"여전히 들락거리는군. 자네는 경고문이 아무렇지도 않나?"

피엘 아버지가 사과한다는 듯 고개를 숙였다. 웃음 띤 얼굴이 반쯤은 장난이다.

"여기 주머니에 벌금 준비해 갖고 다녀요. 사실은 제가 다니는 길에는 경고문이 안 붙었어요. 저만 아는 길이거든요."

강 노인은 아래 도시를 잠자코 내려다보았다.

"경고문이 여기에 더 들어오고 싶어지게 하는 거 아세요?"

"장. 자네는 이경수라는, 자네 장인을 만난 적이 있나?"

"결혼하기 전에 한 번. 저를 무척 싫어하셨어요. 그렇지만 좋은 분이라는 걸 알아요. 제 손을 잡아 주셨지요. 돌아가실 때. 이렇게요."

피엘 아버지가 강 노인의 손을 잡았다. 당황했지만 그는 손을 빼지 못했다. 지난 며칠 동안 힘든 시간을 보내며 강 노인이 깨달은 게 있었다. 너무 오래 고민하지 말 것. 피엘 아버지가 결코 가벼운 사람이 아니라는 걸 그는 안다. 그런데도 이럴 때는 정말로 상대의 손을 잡아 주고 싶어서일 것이다.

"어르신, 피엘 할아버지를 아세요?"

"나도 여기 출신이라고 할 수 있네. 잠깐 살았지만……."

강 노인은 깊은숨을 내쉬었다. 피엘이 경수 외손자라는 사실을 알았으면 후견인 따위 말도 꺼내지 않았을까. 아마 아닐 것이다. 이건 다른 문제다.

"그때 말일세, 나를 처음 여기서 본 날. 혹시 내가 위험해

192

보였나? 왜 말을 붙였는지 궁금하군."

"네. 사실은 조금. 제가 막막해서 그렇게 앉아 있었던 적이
있어서. 그때 누가 저한테 그렇게 해 줬거든요. 나중에 상훈
이 아빠라는 걸 알았지요. 알고 보니까 저보다 더 힘든 사람
이더라고요."

둘은 잠시 말없이 아래만 내려다보았다. 따사로운 햇살이
그들을 부드럽게 감싸 주었다.

"나는 그만 내려갈 것이네."

"저는 좀 더 올라갈 생각이에요."

"주머니 벌금을 지키려면 조심해야 할걸."

강 노인은 천천히 조심해서 산을 내려왔다. 뒤에서 피엘 아
버지가 지켜보고 있는 게 느껴졌다. 그러나 뒤를 돌아보지는
않았다.

채마밭은 이제 늙어 버렸다. 꽃들이 다 지고 이파리들은 쇠
어 버렸고 씨앗이 여물기 시작했다. 뒤뜰은 여전히 고양이들
때문에 난장판이지만 모기장 속의 병아리는 안전하다. 그것
만으로도 강 노인은 만족스러웠다.

"응?"

병아리를 한 번 더 살펴보려고 가던 강 노인은 눈을 끔뻑

였다. 유리가 있는 게 아닌가. 꼬맹이가 모기장 속 의자에 앉아서 노래 부르는 모습을 그는 한참 동안 바라보았다. 여기가 궁금한 사람들은 어떻게든 들어온다. 피엘 아버지 말이 맞다. 살아 있는 곳에 숨통이 얼마나 많겠는가.

"아, 거인 할아버지……."

유리 목소리에 힘이 빠져 있었다. 여전히 무릎을 까딱하며 인사했지만 눈치를 보는 것 같아 강 노인은 부러 못 본 척했다. 그저 모기장을 누르고 있던 돌멩이를 치우고 흙에 파묻었던 모기장 끝을 끄집어냈다. 그리고 둘둘 말아서 묶었다.

"제가 온 건요, 미호 언니가요, 얌전이 병아리가 태어났다고 해서요……."

윗도리 앞자락을 꼬기작거리며 유리가 변명했다. 강 노인은 손을 내밀었다.

"어서 오너라. 잘 왔다."

유리가 활짝 웃으며 강 노인 손을 잡고 무릎을 다시 까딱했다. 웃는 모습이며 알아듣는 영특한 눈치가 제법 공주 감이다.

"이제부턴 들어와도 돼요? 벌금 백만 원 안 내도 돼요?"

"그래. 대신 저 병아리를 지켜야 해. 강아지는 안 데려왔니?"

"짖으면 시끄러우니까. 저기 밖에 있어요."

"이제부터는 같이 다녀라. 전처럼 달걀도 가져가고, 얌체 고양이들도 쫓아 버리고. 이건 비밀이야. 누구한테나 이러는 게 아니라고."

갑자기 유리가 그의 허리를 꽉 안았다. 그러더니 울타리 쪽으로 달려가서 강아지를 들어오게 했다. 강 노인은 너무 놀라서 몸이 굳어 버린 것 같았다. 아이들은 도무지 짐작할 수가 없다.

강아지가 망망거리며 뛰어다니고 밑에서 어슬렁거리던 청설모가 놀라 잽싸게 나무로 달아나고. 뒤뜰이 다시 살아나는 걸 강 노인은 느낄 수 있었다. 그는 쥐똥나무에 매달린 경고문을 떼어 냈다.

집 안으로 들어오자마자 강 노인은 메모를 작성했다.

빨간 경고문을 모조리 걷을 것.
울타리는 현재대로 유지.

탁자에 미스터 박이 남긴 메모가 있었다. 분홍색 액체가 담긴 병과 함께.

손님 - 정안나. 피아노 선생님.

"피아노?"

강 노인은 거실 한쪽의 피아노를 바라보았다. 미호가 젓가락 행진곡을 가르쳐 준다고 했던 게 생각났다. 그건 미호가 가르쳐 주겠다는 뜻이었지 피아노 선생을 소개하겠다는 소리가 아니었다.

액체가 담긴 병을 흔들어 보았다. 색깔이 아주 곱다. 상품이 아니라서 상표는 물론 없거니와 뚜껑도 봉해진 상태가 아니었다. 열고 냄새를 맡으니 시큼하다.

"뭔 뜻인지 알게 적을 것이지, 수수께끼도 아니고."

강 노인은 메모지와 병을 들고 밖으로 나갔다. 미스터 박이 집 근처 어딘가에 있을 것이다. 늘 그랬다는 걸 그는 알고 있었다. 일부러 찾지 않고 모르는 척했을 뿐. 강 노인이 간섭 없이 지내고 싶어 한다는 걸 알기 때문에 미스터 박은 요령껏 돕고 있는 것이다.

그는 한껏 자라난 잔디에 발등을 걸려 가면서 앞뜰을 두루 살폈다. 미스터 박은 보이지 않았다. 대문을 열고 내다보았다. 그런데 뜻밖에도 대문 앞에 상훈이가 있었다. 강 노인은 좀 놀랐다. 자전거에 몸을 걸친 채 비스듬히 서 있던 상훈이도 당황해서 얼른 자전거를 타고 가 버렸다. 허둥대다가 넘어질 뻔한 꼴이 우스워서 강 노인은 피식 웃었다.

"도망가기는! 내가 뭘 어쨌다고……."

강 노인은 대문을 닫으려다 말고 상훈이의 뒷모습을 물끄러미 바라보았다.

공터에는 아이들이 나와 놀고 있었다. 피엘도 있었다. 피엘이 상훈이를 보고 뭐라고 했지만 상훈이는 거들떠보지도 않고 연립 주택 쪽으로 사라져 버렸다.

결국 미스터 박은 오후 내내 나타나지 않았다. 전화로 부르면 될 일이지만 강 노인은 그냥 기다렸다. 액체의 정체가 뭘까 궁금해하면서. 기타 연습도 하면서. 내일 도서관에 가야 하는데 나아진 게 없어서 큰일이다.

저녁때야 미스터 박이 낯선 여자와 함께 나타났다.

"정안나, 피아노 선생님이십니다. 오전에 오셨는데 뵙지 못해서 다시."

"난 피아노 선생을 구한 적 없네."

"피아노 선생으로 온 게 아니에요. 저는 아이들만 가르칩니다.”

강 노인은 여자를 빤히 보았다.

“드릴 말씀이 있어서 왔어요.”

여기 오니까 참 다양한 사람들을 만나게 된다. 전 같으면 절대로 만날 일 없는 사람들이 찾아오고.

“중요한 일이오?”

“죄송하지만, 우리한테는 그래요.”

강 노인에게는 중요하지 않을 수도 있다는 뜻이었다. 거절해도 된다. 그렇지만 궁금하다. 강 노인이 쳐다보자 미스터 박이 조용히 나갔다.

여자가 소파에 엉덩이만 걸치더니 가방에서 열쇠를 하나 꺼내 놓았다. ‘ㅋ’ 자 모양에다 손잡이가 둥글게 구부러진 구식 열쇠였다.

“제 어머니 열쇠를 돌려받으셨지요? 그런데 어머니가 열쇠를 하나 더 갖고 계시더라고요. 돌려드리는 게 맞는 것 같아서 가져왔습니다. 이게 어떤 열쇠인지는 모르겠어요.”

헛소리 할망구의 며느리. 그러니까 유리 엄마였다. 장 영감 말까지 모아 보자면 부동산 창식이라는 남자의 아내. 피아니스트. 그럼 상훈이 엄마일지도 모른다. 그렇다면 유리랑 상훈이가 남매.

강 노인은 여자와 열쇠, 그리고 분홍색 액체가 든 병을 번
갈아 보았다. 여기에도 뭔가 예사롭지 않은 이야기가 숨어
있는 모양이다.

"어떤 열쇠인지, 어머니한테 물어보면 되지 않소?"

"아마 모르실 거예요. 우리 집에는 여기에 맞는 게 없고요."

"그렇다고 여기 열쇠라고 할 수 있나. 뭔지도 모르면서 갖
고 있다니. 그런데, 그분이 왜 여기 대문 열쇠를 갖고 있었던
거요? 보아하니 오랫동안 그러셨던 것 같은데."

"죄송합니다. 달리 어쩔 수 없어서 모른 척했는데 도리가
아니지요."

여자가 고개를 살짝 숙였다. 말투나 태도가 정중했다.

문득 얼굴이 창백한 부동산 남자가 떠올랐다. 뭐가 빠져나
간 듯 멍해 보이던 남자에 견주어 이 여자는 강하고 현명해
보인다. 이런 동네와는 어울리지 않는 것 같기도 하고. 하긴,
피아니스트라고 했다. 미국 유학까지 다녀온 노인의 며느리.

"이건 뭐요?"

강 노인이 병을 들어 보이자 여자가 아까보다 더 고개를
숙여 절을 했다.

"앵두 효소입니다. 물에 타서 드시면 건강에 좋을 거예요. 머지않아 뒤뜰에 앵두가 익을 거예요. 버찌산에서 맨 먼저 익는 과일이지요. 그래서 찾아뵙게 됐습니다. 제 어머니가 뒤뜰에 계속 드나들면 안 될까요?"

그의 눈썹이 꿈틀했다. 장 영감도 결국 이 부탁을 하려고 찾아왔었다. 도리가 아닌 줄 알면서 이런 부탁을 하는 꿍꿍이들이 뭘까.

강 노인이 잠자코 있자 여자가 어렵게 말을 이었다.

"제 어머니는 치매 환자입니다. 점점 심해지고 있죠. 기억을 차츰 잃어 가는데 이상하게도 예전 일은 생각이 나는가 봐요. 꼭 뒤로 가는 기차 같아요. 브레이크가 고장 나서 어디서 멈추게 될지 모르는 기차요. 다른 데서는 불안해하시는데 여기서는 괜찮은 편이라서……. 어머니는 꽤 오랫동안 이 집의 과일들을 숙성시켜 음식을 만드셨어요. 계절마다 거두어서 모두 그렇게. 그런 미각을 갖고 계시죠. 죄송합니다만, 식품 저장고에도 그런 게 많을 거예요."

강 노인은 의자에 몸을 기대며 여자를 뚫어져라 보았다. 온몸의 신경이 활처럼 팽팽해지고 있었다. 머릿속의 잡념이 말끔하게 걷히는 듯한 이 느낌이 그는 두려웠다. 작은 충격에

도 산산이 부서질 뭔가가 다가오는 것만 같다.

"식품 저장고라니……."

"네, 숙성이 잘돼서 아마 약이 됐을 거예요. 드셔도 됩니다.
물에 타서요."

"그분이…… 여기와 무슨……."

강 노인은 거의 신음하듯 물었다. 팔걸이에 얹힌 그의 손이
파르르 떨렸고, 이내 호랑이 머리가 조각된 부분을 꽉 움켜
쥐었다.

"한송이라고, 이 집 주인이셨습니다."

뒤로 가는
기   차

　강 노인은 일부러 정각이 지나서 대문을 나섰다. 그가 담장
을 따라서 걷는 동안 마을버스가 모퉁이를 돌아 사라졌다.

　한쪽으로 비켜났던 아이들이 다시 공놀이를 시작했다. 그
러나 피엘은 평상에 앉아 발 장난만 하고 상훈이는 손잡이를
놓고 자전거를 타며 빙글빙글 돌았다. 두 아이의 틈이 벌어
진 게 확실하다. 이유가 있다면 강 노인. 아마도.

　장 영감이 안에서 나오다가 강 노인을 보고는 당황해서 어
쩔 줄 몰라 했다. 평상에 앉으려고 나온 모양인데 앉지도 못
하고 그렇다고 다시 들어가지도 못하고.

　강 노인은 천천히 다가가 평상에 앉았다. 처음부터 이럴 생

각이었다. 너무 많은 이야기가 조각조각 흩어진 채 그에게로 왔다. 그의 혼란스러운 머리를 정리해 줄 사람은 장 영감뿐이다. 그렇다고 대놓고 물을 용기도 그에게는 없었다. 그저 이렇게 다가가는 수밖에.

"기타 배우러 가는 모양이네."

장 영감이 겸연쩍어하며 평상에 엉덩이를 붙였다. 어떻게든 강 노인도 말을 좀 트고 싶었다. 그런데 딱히 뭐라고 할 말이 없었다. 송이 이야기를 듣고 싶지만 어떻게 물을 것인가.

"자네 손녀한테 기타를 빌려 줄까 하네. 나한테 피아노를 가르쳐 준다고 해서. 나도 뭐든 답례를 해야 하니."

장 영감 표정이 금방 일그러졌다. 버럭, 소리라도 지를 것처럼. 그러나 차마 그러지 못하고 앓는 소리만 내며 고개를 돌렸다.

"내가 보기에 미호는 자네를 많이 닮았어. 웃는 소리까지. 기타 좀 배운다고 뭔 일이야 있겠나."

"무슨 악담이여. 나 닮았으면 공부는 꽝이야."

성질껏 큰소리도 못 치고 장 영감이 불퉁거렸다. 때마침 부동산에서 상훈이 아빠가 나오더니 장 영감에게 돈을 주고는 가판대에서 신문을 집어 들고 갔다.

"저 사람은 어디가 아픈가?"

"아프긴. 일을 좀 당했지. 뭐, 아픈 거나 진배없기는 하네. 정상이 아니니까. 자동차 회사 다녔는데, 정리 해곤가 뭔가 때문에 시위하다가 머리를 다쳤어. 얻어맞은 거지."

장 영감이 자기 일처럼 한숨 쉬었다.

"똑똑하던 사람을 저렇게 잡아 놓았으니, 유리 할멈 충격이 오죽했겠나. 집은 망했어도 자식 똑똑하고 며느리 대단해서 꿇릴 거 없었는데 말야. 사람 팔자라는 게……. 말이 좋아 피아니스트지 집에 피아노가 있나, 겨우 집집마다 돌아다니면서 애들이나 가르치고, 부동산은 파리나 날리고. 후우……."

그 정도로도 강 노인은 전체 상황을 짐작할 수 있었다. 그는 그저 아이들이 노는 모습을 바라보며 장 영감 이야기를 들었다. 자기 입으로 동네 유지라고 할 때는 떠버리 같았는데, 생각해 보니 유지다운 구석이 있다. 집집마다의 사연을 다 알고 가슴 아파하고 나서서 도움이 되려고 하니. 어릴 적 친구를 위해 가시방석 같은 자리도 제 발로 찾아오지 않았나.

마을버스 올라오는 소리가 났다. 놀던 아이들이 또 옆으로 비켜났고 강 노인은 내내 망설이던 일을 했다. 대문 열쇠를

205

꺼내 장 영감에게 준 것이다.

"송이한테 주게."

자네가 유지니까, 라는 말도 하고 싶었다. 하지만 그러지 못했다.

송이. 그 이름을 말하는 것만으로도 그는 여전히 가슴 아팠다. 사실 그 이름을 입에 담는 것도 처음이다. 단 한 번도 송이를 불러 본 적이 없다. 굽히기 싫어서.

강 노인은 일찌감치 버스에 올라 출발하기를 기다렸다. 그의 자리에서는 연립 주택 한쪽이 보였고, 자전거를 쓰러뜨려 놓고서 벽에 기대앉은 상훈이가 보였다. 다리를 길게 뻗고 공중에 요요를 던지고 있는 외로운 아이.

기타 교실로 가던 강 노인은 서예 교실 앞에서 걸음을 멈추었다. 노인들이 붓글씨를 쓰거나 사군자를 치는 사이에 유리 할머니가 있었다. 작업에 몰두해 있는 사람들과 달리 가만히 앉아 있는 백발의 노인. 취미라도 붙이라고 며느리가 데려온 모양인데 어림없어 보인다.

정말 저 백발의 할망구가 송이란 말인가. 도도하고 거침없이 굴던 모습은 다 어쩌고 저 모양일까. 점점 기억을 잃고 과거로 가고 있다는 송이. 기억이 도대체 어디를 헤매고 있기

에 저런 표정일까. 차라리 이 모든 것을 몰랐더라면.

강 노인은 한숨조차 삼키며 기타 교실로 들어갔다. 그리고 더욱 집중하여 진도를 따라갔다. 너무나 많은 사건이 벌어진 거나 다름없건만 그는 더욱 침착하고 냉정하게 자신을 지켰다. 그리고 발걸음 하나하나를 느끼며 돌아왔다.

마을버스에서 내린 그는 연립 주택 쪽으로 갔다. 쓰러진 자전거만 있고 상훈이는 보이지 않았다. 주변을 더 둘러보다가 포기하고 집으로 가는데 상훈이가 쥐똥나무 울타리에서 나왔다. 뒤뜰에 들어갔던 모양이다.

강 노인이 빤히 바라보자 상훈이는 고개를 들지 못했다. 하필이면 딱 걸린 게 약 올랐는지 뺨이 달아올랐고 입술은 삐뚜름하게 비틀려 있었다.

"따라와라."

강 노인이 앞장섰다. 돌아보지 않았지만 그는 상훈이가 순순히 따라오지 않을 줄 알고 있었다. 자존심이 그렇게 만만하지 않다는 걸 그보다 잘 아는 사람이 또 있을까. 그래서 절대로 돌아보지 않았다. 다만 대문은 열어 두었다.

그가 안으로 들어와 기타를 들여놓고 우유를 한 잔 마시고 탁자의 메모지를 살피도록 상훈이는 나타나지 않았다. 그만 대문을 닫으려고 나갔을 때 보니 아이는 대문 앞에 서 있었다.

"왜 그러시는데요?"

여전히 부루퉁한 얼굴로 상훈이가 물었다.

"일을 좀 맡기려고 한다."

얼굴을 살짝 찡그리며 상훈이가 그를 보았다. 야단이라도 맞을 줄 알았는데 아니라서 좀 놀란 모양이었다.

"잔디를 깎아 주면 좋겠다. 물론 품삯을 주지. 일주일에 한 번씩 토요일마다. 그때 나는 기타를 배우러 가서 집을 비울 거다."

상훈이가 고개를 돌리고 주머니에 손을 푹 찌르더니 툭툭 발길질을 했다. 한참 동안 그랬다. 그러더니 고개를 삐딱하니 비틀며 물었다. 그 모습이 영락없이 송이 어렸을 때다.

"왜 저한테 시키시는데요?"

"싫으면 거절해. 시킬 애들은 얼마든지 있다."

강 노인 말투는 어느 때보다 냉정했다. 더 기다려 줄 생각이 없다는 걸 보여 주려고 돌아서서 몇 발짝 걸음을 떼었다.

상훈이는 잠시 뭉그적거리다가 강 노인이 걸어간 만큼 따라 들어왔다. 그리고 볼멘소리를 했다.

"어린애한테 일 시키는 거 불법 아닌가요?"

"나도 열 살 때부터 남의 집 잔디 깎으며 용돈을 벌었다. 자, 얼마를 받고 싶지? 물론 일하는 거 봐서 내가 결정할 테지만, 협상은 필요한 법이다."

"……."

상훈이가 강 노인을 빤히 보았다. 여전히 고개는 삐딱했고, 눈에는 힘이 들어가 있었다. 어떤 수작인지 알아내고 말겠다는 경계의 눈초리.

언제든 거칠게 터지고야 말 무서운 힘으로 뭉쳐진 남자애의 눈을 강 노인은 잠자코 바라보았다. 자기를 지켜 줄 사람은 저뿐이고, 밀리지 않으려면 강한 척이라도 해야 한다는 걸 일찌감치 깨달은 아이다. 치매 걸린 할머니와 머리를 다친 아버지, 다른 아이들을 가르치러 다니는 엄마, 어린 여동생이 이 작은 아이를 이렇게 무장시키고 만 것이다. 오래전 강대수처럼.

강 노인은 숨을 깊이 들이마셨다가 천천히 내쉬었다. 한숨 끝이 떨리며 목구멍이 뜨거워졌다. 건드리고 싶지 않은 상처의 딱지가 벌어지고 깊숙이 눌려 있던 아픔이 한숨에 끌려 나오는 걸 고스란히 느끼느라 강 노인의 눈은 점점 찌그러졌다.

갑자기 상훈이가 고개를 푹 떨구었다. 그리고 홱 돌아서는 데, 강 노인은 아이의 머리와 어깨가 가늘게 떨리는 걸 보았다. 왜 그러는지, 뭐라고 해야 하는지, 그는 생각할 수가 없었다. 그저 떨고 있는 아이를 끌어안았을 뿐.

상훈이가 강 노인을 밀어냈다. 밀어내려고 안간힘을 썼으나 그는 더욱 강하게 아이를 안아 주었다. 상훈이는 꽉 안긴 채로도 주먹을 쥐고 강 노인 가슴을 밀었다. 그러나 차돌멩이 같던 몸은 차츰 힘이 빠지며 순해졌고, 비로소 아이다워졌다.

"왜 저를 미워하셨어요?"

상훈이가 울먹이며 간신히 물었다. 강 노인은 아무 대답도 못 했다. 미워하지 않는다,고 속으로만 중얼거렸을 뿐이다. 내 속에는 덜 자란 아이가 숨어 있어서 나도 어떻게 할 수 없었다고.

"피엘만 좋아하셨잖아요."

그 소리 끝에 상훈이가 기어이 울음을 터뜨리고 말았다. 얼마나 참았는지 응어리가 꺽꺽 올라오는 것 같은 울음소리. 울음 끝이 길지는 않았다. 강 노인이 상훈이 어깨를 잡고 몸을 낮추었기 때문이다.

"자, 이걸 알아 둬. 내가 안아 준 아이는 네가 유일하다."

이번에는 상훈이가 팔을 벌리고 강 노인 허리를 안았다. 둘은 말없이 그렇게 화해를 했다. 늙어 버린 아이와 너무 일찍 어른이 될 뻔한 두 사람이.

"안녕하세요?"

며느리 뒤를 따라서 들어온 유리 할머니가 인사했다. 백발의 머리를 가늘게 떨고 있는 작은 노인. 늙고 머리카락이 다 세어 버렸지만 웃는 표정은 아이 같다. 언뜻 보면 유리 얼굴이 겹친다.

"송이 아가씨, 밭에 씨앗을 다시 뿌려야 해요."

며느리 말에 유리 할머니가 고개를 끄덕이며 해당화 문 쪽으로 갔다. 엊그제 서예 교실에서 본 그 멍한 표정이 분명 아니다. 며느리가 어렵사리 부탁한 이유를 알 것 같다.

"어머니를 아가씨라고 불러서 놀라셨지요?"

궁금해도 묻고 싶지는 않았다. 그럴 만한 까닭이 있을 테고 듣기 나쁘지도 않았으니까. 늙고 병들었어도 대접받고 있다는 걸 알 수 있다.

"어머니는 이제 아들도 저도 몰라보세요. 기억이 일정하게 움직이진 않지만 어쩐지 지금은 어린 시절로 돌아가 있는 것 같아요. 송이 아가씨라는 소리를 좋아하시는 걸 보면."

유리 엄마가 들고 온 것을 강 노인에게 주었다. 손잡이와 뚜껑이 있는 플라스틱 바구니였다.

"저희가 먹는 반찬을 나눠 드리고 싶어서요. 맛은 괜찮을 거예요. 놀랍게도 아직 어머니 미각은 정상이에요. 앞으로 종종 이렇게 해 드릴게요. 거절하지 마세요. 부탁입니다."

강 노인은 아무 말도 못 하고 받았다.

"어머니는 신경 안 쓰셔도 돼요. 누구보다 뒤뜰을 잘 아시고, 잘 지내실 테니까요. 애들도 들어오게 해 주셨다면서요. 고맙습니다."

아주 깍듯한 사람이다. 분명하고 지나친 데가 없다.

"바쁘지 않으면, 사정 이야기를 좀 들을 수 있겠소? 이 집이나, 유리 할머니에 대해서. 난 아무것도 모른다오."

"저도 자세히는 몰라요. 어머니가 결혼하면서부터 형편이 어려워졌다고 들었어요. 사업도 집도 사촌에게 넘겼지만 결국 파산하고 말았대요. 사촌 덕분에 어머니는 결혼하고도 여기서 계속 사셨는데, 파산하면서 나와야 했죠. 그때부터 어르신 집이 됐구요."

"도와줄 사람이 있었을 텐데. 안됐네요."

"네, 베풀 만큼 베풀면서 살았던 것 같은데. 집안일 돕던 사람이 죽었을 때 그 자식까지 챙겨 준 어른들이었다는데."

등줄기가 서늘해지는 소리. 강 노인은 유리 엄마를 빤히 보았다. 바로 아버지와 그의 이야기였다.

강 노인은 옆에 있는 그네에 손을 뻗었다. 그넷줄이 닿는 순간 단단히 쥐고 몸을 의지했다. 그리고 천천히 앉았다.

"자식을 챙겨 주다니, 그게 무슨 소리요?"

"부유하고 좋은 집에 입양을 보내셨대요. 천애고아가 돼서."

강 노인은 고개를 떨군 채 눈을 부릅뜨고 자기 발을 쏘아 보았다. 낯선 가정에 그가 그렇게 보내진 거였다. 전쟁은 끝났어도 모든 게 엉망인 시절이었다. 친권이나 절차가 지금처럼 까다로웠을 리 없다. 천애고아 하나쯤 입양 보내는 건 서류 한 장이면 충분했을 것이다. 부자 나라 부잣집에 보냈으니 그야말로 아량을 베푼 일이고.

"그 아이한테 빚이 있다고 말씀하시는 걸 들은 적이 있어요. 어머니 열 살 생일 때, 그 애 아버지가 그네를 매달다가 떨어졌대요. 지병이 있던 분이라 결국 돌아가셨는데, 어머니는 당신 때문이라는 생각에서 벗어날 수가 없었대요."

214

그는 손가락을 머리카락 속에 깊이 박은 채 내내 고개를 숙이고 있었다. 아버지에게 병이 있는 줄 몰랐다. 그때는 너무 어렸다. 어른의 마음이나 형편을 알 도리가 없는 철부지. 아버지라는 사람에 대해 알기에 오 년은 너무 짧은 시간이었다.

"그래서 그렇게 만나고 싶으셨나 봐요."

유리 엄마의 마지막 말을 강 노인은 무심코 흘려들었다. 지금껏 들은 이야기만으로도 그의 머리는 충분히 힘겨운 상황이라.

"그만 가요. 고맙소."

이 짧은 말도 그에게는 인내심이 필요한 일이었다. 유리 엄마는 또 무슨 말인가를 했고 인사를 한 뒤에 돌아갔다.

강 노인은 멍하니 창고를 바라보았다. 극성스레 뻗은 대나무 뿌리가 창고 바닥을 뚫고 지붕을 뚫고 자라나 있다. 껍데기뿐인 창고. 차라리 허물어지면 좋았을 텐데, 대나무들에 붙들려 형벌을 치르고 있는 것만 같다.

그는 그네에서 일어나 구부정한 모습으로 해당화 문을 열었다. 그리고 뒤뜰로 가서 푸성귀를 거두고 있는 송이를 물끄러미 바라보았다. 처음에는 알아보지 못했고, 지금은 알아

본다는 게 무의미하다. 하고 싶은 이야기가 산처럼 쌓였어도 끝내 할 수 없을 것이다. 송이의 시간은 이미 다른 곳으로 가고 있으니.

"사나흘 뒤에 싹이 날 거예요. 상추랑 열무, 그리고 시금치 씨를 넉넉히 뿌렸어요. 아저씨한테도 나눠 드릴게요."

백발의 송이가 아이처럼 웃었다. 그리고 호미와 삽을 농기구 창고에 넣고 해당화 문으로 나갔다. 아주 익숙한 행동이었다. 강 노인은 먼발치에서 송이를 따라가다 우두커니 서서 어이가 없어 웃었다.

"아저씨라……."

저녁때 그는 미스터 박을 불렀다.

"창고를 없애게. 대나무도 남김없이. 가능한 한 빨리."

오 래 된
편   지

　늙어 버린 송이와 유리가 친구처럼 걸어오는 모습을 강 노인은 물끄러미 바라보았다. 마치 송이의 과거와 현재가 나란히 걸어오는 듯한 비현실적인 장면이다. 유리를 보면서도 송이를 떠올리지 못했고 송이를 보고도 그녀인 줄 짐작하지 못했는데, 이렇게 보니 둘이 묘하게 닮았다. 시간의 행적이란 저런 것인가. 미호에게서 장 영감이 느껴지듯 완전한 소멸이란 없는 것.

　몸이 오그라드는 쓸쓸함에 강 노인은 눈물이 나올 것만 같았다. 많은 걸 이루었고 패배한 적 없었는데 손가락 사이로 다 빠져나가 버린 듯한 이 허전함을 어떻게 해야 할지 몰라,

그는 그저 바라보기만 했다. 바구니 가득 앵두를 따 가지고 오는 두 사람이 너무나 눈부시다.

치매는 병이고 사람을 비참하게 만든다. 환자 자신은 물론 가족까지 망가뜨리고 존재 가치에 의문을 품게 하는 무서운 질병이라고 그는 알고 있다. 그런데 저들은 웃고 있다. 기억을 잃어 가는 노인을 그대로 받아들이고 원하는 대로 해 주고 있다. 힘든 때가 왜 없었겠나. 짐작하지 못할 소용돌이를 얼마나 많이 겪었을 것인가. 김 박사가 강 노인을 위로한답시고 비교했던 질병이 바로 치매였다. 내가 누구인지도 모르는 채 당하는 것보다야 낫지 않으냐고.

"망할 놈……."

그는 몇 걸음 마중 나가서 무거워 보이는 앵두 바구니를 들어 주었다. 그러면서 생각했다. 병에 걸린 송이가 웃으면 같이 웃어 줄 수 있어야 한다. 이 친구의 시간이 그렇다면 인정해 줄 수밖에. 머릿속에서 자라는 혹을 받아들인 것처럼 어쩔 수 없는 일이니.

"아저씨, 고맙습니다."

그러려니 하자고 마음먹었건만 아저씨라는 말에는 역시 가슴이 쓰라렸다. 대체 어느 시간에 머물기에 저런 말투가

거리낌 없이 나올까.

송이가 먼저 식품 창고로 들어갔다. 늘 그랬다는 듯. 그러더니 여기저기를 기웃거리며 둘러보았다. 어차피 강 노인은 여기에 대해서 아는 바가 없어 지켜보기만 했다. 결국 송이 어머니의 살림이었고, 송이의 공간이었다. 그런데 송이는 마치 처음 와 보는 곳인 양 호기심 가득한 표정이었다.

"대단해요! 누구 부엌인지 정말로 알뜰하네요!"

"여기는 한송이 아가씨 부엌이었어요. 그게 누구게요?"

유리가 할머니 허리를 안고 말했다. 그러자 송이가 아이처럼 소리 내며 웃었다.

"송이 아가씨는 바로 나야."

그렇게 대답도 하고. 그러나 송이 아가씨가 자기라는 걸 알면서도 여기가 자기 부엌이었다는 것까지 이해한 것 같지는 않았다.

유리는 쪼르르 거실로 가서 피아노를 똥땅거렸고 송이는 앵두를 가지고 해당화 문으로 나갔다. 집중할 일이 생겨서인지 인사조차 까먹고 가 버렸다.

강 노인은 기타 연습을 했다. 아직 서툴지만 한 곡을 끝까지 연주할 수는 있게 되었다. 대단한 수확이다. 기타뿐 아니라 젓가락 행진곡까지 칠 수 있으니까. 손가락 짧은 유리랑 맞추는 정도지만.

열린 창으로 밀려드는 풀 냄새가 향기롭다. 아침나절에 상훈이가 잔디를 깎았는데 그 향기가 아직도 뜰에 남아 있는 것이다.

상훈이는 토요일 오전마다 일하기로 했다. 아직 서먹해하고 있어서 강 노인은 되도록 마주치지 않으려고 느긋하게 돌아왔다. 그러나 곧 품삯도 줘야 하고 제안할 것도 있어서 계속 이럴 수는 없다.

그는 조만간 상훈이에게 손 놓고 자전거 타기를 가르쳐 달라고 할 참이다. 자전거를 탄 게 언제였는지 까마득하지만, 그 정도 운동 신경은 아직 남아 있을 것이다.

"훌륭하십니다. 끝까지 한 번도 안 틀리셨어요."

언제 들어왔는지 미스터 박이 입에 발린 소리를 했다. 듣기가 나쁘지는 않았다. 그래서 미스터 박이 탁자에 놓는 서류를 좀 더 신중하게 들여다보았다.

"이걸 검토할 사람이 그렇게 없나? 날 언제까지 부려 먹을 셈이야. 고작 산동네 하나 설계하는데."

"물론 전문가가 맡아서 진행하고 있습니다만, 참고로 올린 제안서를 좀 보시라고. 피엘과 오지안 씨의 공동 제안서입니다."

"으응?"

강 노인은 안경을 쓰고 제안서를 살펴보았다. 버찌마을 개발 계획 중 일부 지역에 대해 공모를 진행하는 중이다. 거기에 피엘 부자가 참여한 모양이다. 연립 주택 자리에 들어서게 될 공동 주택에 관한 내용이었다.

피엘 아버지가 회사에서 오래 버티지 못한 이유를 알 것 같았다. 상상력이 너무 앞선다. 그러나 독거노인과 결손 가정 아이들이 많은 이 지역 특성을 고려한 부분은 참고할 만했다.

"함께 사는 집이라……."

혼자 된 사람들과 도움이 필요한 사람들이 어울려 사는 공동 주택 설계도였다. 일층에서는 텃밭을 가꿀 수 있는 집, 빗물 시설에다 놀이 시설까지 갖춘 하나의 집. 물론 사업자가 많이 양보해야 하는 현실적인 문제가 뒤따른다.

"나쁘지 않군! 그러나 어디까지나 참고만 하게. 나는 전문가의 판단을 더 믿을 걸세."

미스터 박이 고개를 끄덕였다.

"다음은 대나무 건입니다. 뿌리까지 제거하기가 어려웠습니다만, 완벽하게 처리했다고 할 수 있습니다. 뒤뜰로 통하는 길을 그렇게 내도 좋은지 결정을."

이번에는 강 노인이 고개를 끄덕였다. 그랬다. 창고와 본채 사이에는 이런 공간이 있었고, 이 공간에는 뒤뜰과 안뜰을 가르는 나무 문이 있었다. 그에게는 늘 닫혀 있던 문.

"문은 필요 없네. 앞으로는 여길 막는 건 아무것도 자라지 못하게 하게."

"알겠습니다. 창고에는 말씀하신 대로 창문을 이렇게……."

강 노인은 무심코 뜰을 보았다. 그러다가 조용히 창가로 가서 말끔하게 치워진 빈터를 한동안 바라보았다. 그가 도서관에 다녀오는 동안 창고가 헐렸고 안에 방치돼 있던 잡동사니들이 끄집어내졌다. 그는 창고가 헐리는 걸 보고 싶지 않았고, 돌아와서도 상처가 헤집어진 것 같은 그쪽에는 눈길조차 주지 않았다.

"이봐. 혹시…… 안에 뭐라도 있던가?"

중얼거린 듯한 강 노인 말을 미스터 박은 이해하지 못했다. 당연하다. 강 노인이 저 창고에서 어린 시절을 보냈다고 상상이나 하겠나.

"중요해 보이는 건 없었습니다. 녹슨 연장과 농기구들 몇

점, 나일론 줄 뭉치, 옛날 술병이 좀 나왔습니다만. 아, 그리고 의자도 하나. 하지만 썩어서 녹슨 쇠붙이만 남았고."

"의자……."

강 노인의 속눈썹이 파르르 떨렸다.

"그게…… 혹시, 다리 한쪽이 조금 구부러져 있던가?"

"자세히 보진 않았습니다만, 아마도."

강 노인은 밖으로 나갔다. 그리고 폐기 처분할 자루를 보았다. 트럭에 실릴 자루 속에 거꾸로 처박힌 의자 다리가 눈에 들어왔다. 다리 하나가 살짝 꺾여서 뻗정다리라고 불렀던 아버지 의자. 불안정하게 뙤똑거리지만 그나마 뻗정다리가 있어서 넘어지는 일은 없었다. 저 의자에 엉덩이만 붙이고도 아버지는 가끔 두툼한 책을 읽곤 했다.

미스터 박이 그것을 꺼내다 강 노인에게 주었다. 등받이와 엉덩이 부분은 진작에 없어지고 골격만 남은 것을 강 노인은 두 손으로 받았다. 두껍게 앉은 녹이 그의 손이 닿자마자 바삭 부서지며 손바닥에 붉은색을 남겼다. 마치 오래 참았던 눈물을 흘리듯.

그때 유리 엄마가 대문으로 들어섰다.

"어르신, 마침 나와 계시네요."

유리 엄마는 참 적절한 사람이다. 품성이며 말투며 표정이며 나무랄 데가 없다. 의자 때문에 침울해질 뻔한 분위기도 바꿔 주고.

"이번 토요일에 별일 없으신가요? 15일입니다. 짬이 나시면 식사를 대접하고 싶어서요. 동네 어른들 몇 분이랑."

그는 금방 대답하지 못했다. 동네 노인들과 어울리고 싶은 생각이 아직은 없다. 자기를 그저 그런 노인쯤으로 생각하나 싶어 솔직히 불쾌하기도 하고.

"무슨 날이오?"

강 노인은 마땅치 않아 짧게 되물었다.

"어머니 생신이에요. 어릴 때 친구분들 몇 분이 근처에 계셔서 한번 모시려고요. 어머니야 기억을 못 하시겠지만."

강 노인은 고개만 끄덕였다. 미스터 박이 눈치를 채고 유리 엄마에게 뭐라고 귀엣말을 했다. 나중에 연락한다고 했을 것이다.

그는 고개를 갸웃하며 느티나무 아래로 가서 그네에 앉았다. 송이 생일이 이맘때였나. 몹시 추웠고 바람도 꽤 불어서 늦가을이 아니었나 싶은데. 아니다. 뜰의 황매화가 흐드러지게 피고 해당화가 피어날 때였으니 이맘때가 맞을 것이다.

그날이 춥게 기억된 것은 아마도 아버지의 사고 때문일 것이다. 그의 인생에서 가장 춥고 무섭고 절망스러운 날이었으니. 사고를 예감하듯 그날은 바람도 꽤나 불었고 날씨도 좋지 않았다.

"이봐. 이게 다시 의자가 될 수 있을까?"

미스터 박이 녹슨 의자 다리를 받아 이리저리 살펴보았다.

"녹을 닦아 내고 고풍스러운 느낌을 살리면 되겠습니다만, 철의 강도가 어떨지."

"그래도 의자가 되는 게 나을걸. 부서져 없어지느니. 그리고 뒤뜰에 그네를 매달았으면 해. 버즘나무 가지에다가. 지붕도 만들고, 쿠션으로 바닥도 깔고. 방수 재질로 말야."

"그건 어렵지 않습니다."

바로 그때였다. 집 안에서 유리 울음소리가 났다.

강 노인과 미스터 박은 당장 집 안으로 들어갔다. 유리가 아직도 안에 있는 줄 몰랐다. 피아노를 똥땅거리긴 했는데, 그 뒤로는 신경을 쓰지 않았다.

입을 가린 채 계단에서 내려오고 있는 유리의 손가락 사이로 피가 보였다. 울먹이는 소리라 제대로 못 들었지만 어디서 떨어졌다는 것 같았다. 떨어지면서 짓찧었는지 코피가 나고 앞니 하나도 흔들렸다.

"젖니라 괜찮습니다. 어차피 곧 빠질 거예요."

"애가 놀라지 않았나! 피가 이렇게 나고! 아이고……."

강 노인은 너무 놀라서 쩔쩔맸다. 유리에게 손도 대지 못하
고 빨리 병원에 데려가라고 호통만 쳤다. 미스터 박은 강 노
인이 걱정스러운지 진정하라고 재차 말하고는 유리를 안고
뛰어나갔다.

그는 놀란 가슴이 가라앉을 때까지 거실을 서성거렸다. 그
러다가 다락방으로 올라갔다. 계단에 점점이 피가 떨어져 있
어서 인상을 찌푸린 채.

"도대체 어디서 떨어졌다는 거야?"

창문에라도 올라갔나 싶었는데 아니었다. 벽장 앞에 풍금
의자가 쓰러져 있고 벽장문이 열려 있었다. 아마 의자를 끌
어다 놓고 벽장에 들어갔다가 발을 헛디뎌서 의자랑 같이 엎
어진 모양이다.

벽장은 늘 잠겨 있었다. 그런데 활짝 열려 있다. 그에게는
맹꽁이자물쇠의 열쇠가 없었다. 아니, 없는 줄 알았다.

"그럼 그게……."

강 노인은 맹꽁이자물쇠에 꽂혀 있는 'ㅋ'자 열쇠를 살펴

보았다. 이건 유리 엄마가 가져왔던 열쇠다. 그것을 피아노 위에 무심코 올려놓고는 여태 잊고 있었다. 송이가 갖고 있던 또 하나의 열쇠. 그게 바로 벽장 열쇠였던 것이다.

그는 퀴퀴한 냄새가 나는 벽장을 들여다보았다. 이 집 안의 가구들처럼 벽장 안은 비어 있었다. 벽장문을 닫고 맹꽁이자물쇠를 다시 채우고 의자를 바로 세웠다. 그런데 옆에 못 보던 게 있었다. 끈으로 묶은 납작한 종이 상자였다.

"아주 오래된 것 같은데. 뭐지?"

강 노인은 잠시 망설이다 끈을 풀었다. 남의 것을 열어 보는 것처럼 꺼림칙했으나 결국 상자까지 열었다. 거기에는 영어 주소가 적힌 편지 두 통이 들어 있었다. 뜯지도 않은 채였다.

"허어!"

강 노인은 비명이 터지는 입을 막았다. 흐릿하지만 분명히 '강대수'라는 이름이 적혀 있다. 보낸 사람은 한송이. 그가 살았던 미국 주소로 송이가 보낸 아주 오래전 편지였다.

그는 침침한 눈을 끔뻑이며 좀 더 자세히 보려고 애를 썼다. 햇빛이 드는 창가로 가서 앞뒤를 살피는 그의 손이 몹시 떨렸다. 이런 편지가 왔었다는 걸 몰랐다. 전혀. 짐작도 못 했다. 분명히 우체국 소인도 찍혀 있고, 흐릿하지만 편지가 되

돌아온 사유도 적혀 있었다. 수취인 거절.

순간, 입술로만 웃던 녀석이 떠올랐다. 한집에서 형제처럼 살아야 했던, 그러나 매사에 부딪치고 쌀눈이라 놀려 대던 두 살 터울의 형. 녀석은 강 노인이 우편으로 받을 장학금 증서를 가로챈 적도 있고, 양부모의 자선 파티 초대장을 뒤늦게 내놓은 적도 있었다.

강 노인은 어금니를 꾹 문 채 조심스레 편지를 뜯었다. 거기에서 나는 먼지 하나라도 다칠세라 신중하고 진지하게.

대수야.

한송이를 기억하니? 우린 이제 열다섯 살.

네가 떠난 지 벌써 오 년이 흘렀구나.

네 주소를 알고 있었지만 용기가 없어 미루다가 열다섯 살 생일이 돼서 결심을 했어. 이제부터는 어린애가 아닐 테니까.

나는 항상 너에게 사과하고 싶었어. 그걸 알아줘. 미안해. 많이 미안했어.

열 살 생일을 평생 잊지 못할 거야. 너무나 끔찍한 날이니까.

나는 뒤뜰에서 생일잔치를 하겠다고 부모님을 졸랐어. 거기서 그녀를 타며 놀고 싶었는데, 그런 사고가 난 거야. 나 때문이지.

나는 너를 뒤뜰로 초대할 생각이었어. 초대장도 만들었지만 결국 못 줬어. 내가 너무 잘난 척하면서 널 화나게 했다는 걸 알아. 그래도 우리가 너를 괴롭히기만 했다고 믿지 말아 줘. 나는 평생 뉘우치며 살 거야.

1963년 6월 15일
강대수에게 한송이가, 진심을 담아…….

강 노인은 방바닥에 널브러져 앉아 멍하니 편지를 보았다. 봉투 속에는 송이가 그리고 만들었음 직한 누런 초대장이 들어 있었다. 어린애다운 글씨로 짤막한 초대의 글이 적히고 송이가 그렸음 직한 드레스 차림의 여자애. 초대장을 간직하고 있다가 편지와 함께 보낸 시간이 자그마치 5년, 그리고 강 노인에게 오기까지 55년이 걸렸다.

"아아……."

강 노인은 아무것도 생각할 수가 없었다. 텅 빈 머리를 두 손으로 감싸고 있다가 또 하나의 편지를 뜯었을 뿐이다.

두툼한 봉투 속에는 연주회 초대장이 들어 있었고 초대장에는 짤막한 편지가 끼워져 있었다. 대학 졸업을 앞두고 열린 피아노 연주회라는 내용. 짐을 정리하다가 사진을 찾았다는 내용. 자기를 용서하지 않아도 사진만큼은 꼭 받아 달라는 내용.

"사진?"

강 노인은 봉투를 더 벌려 보았다. 귀퉁이에 거의 붙다시피한 게 있는데 초지에 싸인 작은 흑백 사진이었다.

사진을 보는 순간 강 노인 눈이 휘둥그레졌다.

"아……버지?"

믿을 수가 없어서 사진을 뚫어져라 보았다. 틀림없이 아버지와 강 노인 자신이었다. 사진 찍기 싫어서 도망이라도 치려는 듯 찌푸린 아들과, 그런 아들의 가슴을 뒤에서 깍지 껴안은 채 웃고 있는 아버지.

강 노인은 두 손으로 사진을 들고 무릎을 꿇었다. 아버지. 아버지다.

가슴 밑바닥에서 뜨거운 덩어리가 꿈틀거리며 올라와 기어이 터져 버렸다. 그는 차마 소리도 내지 못하고 가슴을 문지르며 울었다. 울지 않으려고 참고 참기만 했던 응어리가 기어이 터지고 만 것처럼 쉬지 않고 눈물이 흘렀다. 너무 오래 참아서 그만큼 아프고 쓰라린 울음이었다.

강 노인은 사진 속 아버지를 쓰다듬고 들여다보며 중얼거렸다. 이렇게 생겼구나, 아버지가. 그래, 아버지가 이런 얼굴이었지.

단 하나뿐인 아버지 사진. 기억조차 할 수 없었던 얼굴이 벽장 속에서 그를 기다리고 있었던 것이다. 너무나 오랫동안.

간이역에서
만 나 다

이틀이나 내내 비바람이 몰아쳤다. 뒤뜰의 나무들이 짐승처럼 울어 대고 성난 빗방울은 수도 없이 유리창에 부딪치며 부서져 내렸다. 나갈 수도 없고 이야기를 나눌 친구도 없는 집에서 강 노인은 처음으로 스스로 섬에 갇혔다는 사실을 깨달았다. 비가 그치기를, 아침이 오기를 얼마나 기다렸는지 모른다.

"이봐, 덩어리 씨. 이 사람이 아버지야. 자네와 나, 우리들의 아버지. 잘 기억해 두게."

강 노인에게 이야기 친구라고는 뒤통수의 골칫덩어리, 혹 뿐이었다. 자신을 갉아먹고 있는 도둑에게 말을 걸고 속내를 털어놓으면서 그는 여기에 다른 누군가가 있기를 간절히 바랐다.

비바람에 두려움을 느끼며 그가 밤새 한 일이라고는 입양 형제들에게 전화를 한 것뿐이었다. 영원히 끝난 줄 알았던 녀석에게도 연락했다. 그러나 이미 세상에 없는 사람이었다. 입술로만 웃던 모습이나마 볼 수 없게 된 것이다. 별수 없이 그렇게 녀석을 용서해야만 했다.

송이. 송이는 어쩌면 모든 걸 알고 있었는지도 모른다. 분명히 그랬던 것 같다. 어디로 입양되었는지, 어디서 공부하는지도 다 알았던 것이다. 여기를 사들인 자신에 대해서까지. 그래서 벽장에 편지와 사진을 넣어 두었을 것이다. 언젠가는 보게 되리라 믿고서. 그러나 이젠 송이가 기억하지 못한다.

진실이라고 믿었던 기억이 오롯이 진실일 수 있는 확률은 과연 얼마나 될까. 이 작은 마을에서 몇 안 되는 어린애들이 겪은 일만도 이렇듯 다른데. 오해와 착각이 그대로 굳어져 평생 어긋나 버린 게 바로 자신의 삶이었다는 것을 강 노인은 도저히 믿을 수 없었다. 송이의 초대를 그는 두 번이나 허락하지 못했다. 선로가 어긋나는 순간 영원히 다른 길로 달려가고 말았다. 젊었을 때 한 번쯤 그녀를 만났더라면.

꼬끼오오오.

강 노인은 곧장 뒤뜰로 나갔다. 뒤뜰에 대장 수탉이 있어서 얼마나 다행인지. 세상이 아직 끝난 게 아니라는 첫 번째 증거가 아닌가. 비 그친 뒤뜰은 아주 시원하고 깨끗했다.

날씨가 궂어서였을까. 어제는 유리 엄마가 시간을 내달라던 날이었다. 송이의 생일. 그런데 조용히 지나갔다. 그가 승낙하지 않은 탓이었겠지만 왠지 서운했다. 한 번쯤은 더 물어도 좋았으련만.

편지와 사진은 강 노인을 혼란에 빠뜨렸고 무서운 침묵 속으로 끌고 갔다. 어디서부터 어긋났는지 알 수 없는 자신의 삶이 안타까워서. 오해와 진실 때문에 어지러웠고, 스물다섯 정도부터 인생을 다시 시작하는 불가능한 상상에 빠지기도 했다. 미스터 박이 들어왔다가 불안한 표정으로 그를 지켜보았으나 비서가 어떻게 해 줄 수 있는 문제가 아니었다. 결국 비바람 몰아치는 시간은 강 노인 혼자 겪어 내야 할 일이었다.

연못을 살피고 밤새 불어난 골짜기 물을 받아 세수도 했다. 지나가는 바람이 나뭇잎을 흔드는 바람에 후드득 떨어진 물방울을 뒤집어쓰기도 했다. 이 모든 일은 지금 여기에 있어서 가능하다. 그래서 기쁘다.

"호오!"

텃밭에 싹들이 오종종하게 고개를 내밀고 있었다. 비바람
이 그리 지독했는데도 가녀린 싹들이 실낱같은 몸을 일으키
고 있으니 기적이 아닐 수 없다.

얌전이의 병아리도 제법 병아리 티를 벗었다. 어머니를 모
르고도 그가 살아남았던 것처럼 견뎌 낸 것이다. 강 노인 자
신도 믿기 어려운 일이 바로 병아리를 대하는 남다른 감정이
다. 그가 여기 와서 맞이한 첫 생명. 그래서 병아리가 그에게
는 살아가는 증거가 돼 버렸다. 여기로 온 것이 나머지 삶이
아니라 새로운 시작이라는 증거.

수탉이 마지막 홰를 치고도 시간이 한참 흘렀건만 유리가
나타나지 않는다. 유리는 어려도 부지런한 애다. 그런데 여태
나타나지 않는 게 좀 이상하다. 강 노인은 여기저기서 달걀
을 주워 주머니에 넣으며 유리가 오기만 기다렸다.

결국 그는 대나무를 걷어 내고 새로 낸 길을 지나서 앞뜰
로 갔다. 대문 밖에는 일찌감치 일꾼들이 와 있었다. 비 때문
에 일이 늦어져 서두르는 것이다. 강 노인은 자재들을 피해
장 영감의 가게로 갔다.

마을버스가 학생들과 출근하는 사람들을 가득 태우고 출

발했다. 미호를 배웅하던 장 영감이 강 노인을 보자마자 뭐라고 하며 다가왔다. 자기를 손짓하며 부르는 장 영감이 이렇게 반가울 줄이야.

"걱정돼서 왔나? 비를 맞아서 그렇지, 푹 자고 나면 괜찮을 거라네."

강 노인은 고개를 갸웃하며 귀를 기울였다. 그러나 들어도 무슨 소리인지 모르겠다. 말투나 표정으로 보아 일이 있었던 것 같은데. 설마 유리가 크게 다쳤던 걸까. 편지 때문에 유리를 생각도 못 했다. 피를 많이 흘리기는 했다. 그런데 비를 맞다니.

그는 한 손으로 턱을 괴며 장 영감의 다음 말을 기다렸다. 대충 눈치라도 채려면 힌트가 더 필요하다. 그런데 연립 주택에서 바구니를 든 유리가 깡충거리며 나오는 게 아닌가.

"유리야! 그래, 할머니는 어떠시냐?"

장 영감의 말에 강 노인의 신경이 곤두섰다. 일은 송이에게 일어났다.

"약 먹고 아기처럼 자요. 우리 식구 다 늦잠 잤어요. 아아 함!"

유리가 입을 벌려서 보여 주었다. 앞니가 빠져 있었다.

"더 흔들려야 빠지는 건데, 부딪쳐서 그냥 빠졌어요. 헤헤.
뒤뜰에다가 묻어 줄 거예요. 백만 년 지나면 공룡 뼈처럼 커
질 거라고 오빠가 말했거든요. 그럼 내가 다시 파낼 거예요."

강 노인은 주머니에서 달걀을 꺼내 주었다.

"아, 거인 할아버지 착해요! 우리 할머니도 찾아 주고, 달걀
도 갖다 주고."

"그래. 거인 할아버지는 착하고, 가겟방 할아버지는 눈에도
안 보이고."

장 영감이 콧소리를 내며 안으로 들어가더니 따뜻하게 데
워진 두유를 가지고 나와서 강 노인에게도 주고 유리에게도
주었다.

"송이 찾아낸 보답이야. 마셔. 늙으면 이런 걸 먹어 줘야 한
다네."

장 영감이 먼저 꿀떡꿀떡 마셨다. 걸쭉하니 트림도 하고.

강 노인은 도저히 더는 참기 어려웠다.

"도대체 무슨 일이 있었던 거야?"

"그건 우리도 몰라. 송이 기억이 온전해야 뭘 묻기라도 하
지. 비바람 몰아치는데 사람은 없어졌지, 경찰서에서는 좀 더
기다려 보라고만 하지, 자네가 사람 안 풀었으면 송이를 어

떻게 찾았겠어!"

장 영감이 강 노인 말을 잘못 알아들은 게 분명했다. 그러나 어쨌든 어떤 상황인지 충분히 짐작이 갔다. 아마도 미스터 박이 나선 모양이다. 강 노인보다 여기를 더 자주 들락거리며 훤히 꿰고 있는 사람이 아니던가.

"사진관을 찾더라네. 무지개 사진관이라고, 자네도 알려나? 아무튼 옛날에 없어진 동네 사진관인데 그게 어딨느냐고 묻더래요. 나 참! 그 똑똑하고 이쁘던 사람이 어쩌다……."

장 영감이 혀를 차고 한숨을 쉬었다.

유리는 그사이 쪼르르 쥐똥나무 울타리로 달려갔다. 팔랑팔랑 경쾌한 아이. 눈부시고 아름다운 아이다.

"그래서, 생일잔치는 못 했겠네."

"생일잔치가 다 뭐야. 사람이 없어졌는데!"

강 노인은 연립 주택을 한 번 보고 돌아섰다.

"그냥 가시게? 나랑 아침이나 먹지."

강 노인은 장 영감을 슬쩍 돌아보고 손을 저었다. 그리고 다시 집으로 오는데 싱그레 웃음이 나왔다. 말을 점잖게 건네는 것도 기특한데 아침을 같이 먹잔다. 경수가 시키는 대로 졸병 노릇만 해서 힘밖에 없는 멍청이라고 생각했는데,

238

볼수록 괜찮은 늙은이다. 모르긴 해도 먼저 간 자식들과 미호가 저런 어른으로 만들었을 것이다. 참 다행이다.

미스터 박이 그를 반갑게 맞이했다.

"뒤뜰에 가 보시겠습니까? 그네는 오후쯤에 완성된다고 합니다."

"고마우이."

강 노인은 미스터 박을 잠시 바라보았다. 그리고 어깨를 툭툭 쳐 주었다. 마음 같으면 고개라도 숙여 고마움을 표시하고 싶지만 그렇게까지는 용납이 안 된다.

그는 서둘러 방으로 들어갔다. 그리고 책상 서랍에 넣어 둔 사진을 꺼냈다. 장 영감 이야기를 듣다가 얼핏 생각났는데 역시 사진 밑에 흘림체로 기록이 남아 있었다.

무지개사진관 1958. 6. 15.

"아……, 그렇군."

그는 두 손으로 얼굴을 감싸고 한참 생각에 잠겼다.

다시 사진을 보고 아버지 얼굴을 가만히 쓰다듬었다.

강 노인의 기억에는 이런 사진을 찍은 적이 없다. 그러나 명백하게 이런 일이 있었던 것이다. 그것도 송이 생일날. 그의 기억보다 송이의 고백이 진실일 가능성이 높다는 증거다. 그렇지 않고서야 이런 사진을 찍게 했을 것인가. 그 바쁜 날 할 일 많은 일꾼에게. 사진 찍는 게 흔한 일도 아니었을 테고.

그는 창가로 가서 다시 세워지는 창고를 바라보았다. 저 창고에는 볕이 들 것이다. 습기가 차는 일도 없을 것이다. 누가 사용하든 만족스러운 창고가 되어야 한다.

변호사에게 전화를 했다. 조만간 들러 달라고. 불가피하게 문서 수정이 필요하다고. 전화를 끊고 그는 중얼거렸다. 이건 절대로 감정에 휘둘린 일이 아냐.

망망망망.

뒤뜰에서 강아지 소리가 요란하게 났다. 유리가 아직 돌아가지 않은 모양이다. 앞니를 묻겠다더니.

강 노인은 웃으며 뒤뜰로 갔다. 유리의 앞니를 묻어 주고 싶다는 생각이 든 것이다. 백만 년쯤 지나면 공룡 이빨처럼 자랄지도 모를 앞니가 아닌가. 거기에 푯말도 붙여 주고 싶다.

풍금 의자에게 당했어요.

2013. 6. 16. 유리 공주 앞니

뒤뜰로 나간 강 노인은 주춤했다.

그새 그네가 다 만들어졌다. 그리고 거기에 송이가 있었다. 햇살에 빛나는 백발. 핼쑥하지만 환하게 웃는 얼굴로.

강 노인은 다시 방으로 갔다. 그리고 사진을 들고 나왔다. 하지만 어떻게 이 사진을 보여 줄 것이며 뭐라고 할지 막막했다. 각기 다른 시간을 사는 사람들. 같이 있어도 만날 지점이 없으니. 그러나 이게 필요하다. 공유할 것이 이것뿐이다.

그때였다.

"대수야! 강대수!"

송이가 그를 불렀다. 손짓하며. 백발의 송이가 마치 어린애 같은 목소리로.

그 모습이 하도 눈부시고 놀라워서 강 노인은 차마 대답도 하지 못했다. 그저 천천히 다가가 허리를 조금 굽히고 송이를 보았다. 기적처럼, 송이의 시간이 강 노인의 어린 시절을 지나가고 있나 보다. 어쩌면 다시 엇갈려 영원히 다른 곳으로 달려갈지도 모를 송이의 시간 기차.

지금은 생각이 필요한 때가 아니다. 다만 이 순간을 영원처럼 붙잡는 수밖에.

"대수야, 우리 이제부터 놀자!"

송이가 그네에 앉으며 자기 옆자리를 탁탁 쳤다. 그는 정중하게 인사하듯 고개를 숙이고 그녀 옆에 앉았다.

뒤뜰에 골칫거리가 산다

2014년 3월 25일 1판 1쇄
2022년 1월 31일 1판 7쇄

지은이 황선미 | 그린이 봉현

편집 김태희, 김태형, 이혜재 | 디자인 권소연 | 제작 박흥기
마케팅 이병규, 양현범, 이장열 | 홍보 조민희, 강효원

출력 한국커뮤니케이션 | 인쇄 코리아피앤피 | 제책 책다움

펴낸이 강맑실 | 펴낸곳 (주)사계절출판사 | 등록 제406-2003-034호
주소 (우)10881 경기도 파주시 회동길 252
전화 031) 955-8588, 8558 | 전송 마케팅부 031) 955-8595 편집부 031) 955-8596
홈페이지 www.sakyejul.net | 전자우편 literature@sakyejul.com
블로그 skjmail.blog.me | 페이스북 facebook.com/sakyejul
인스타그램 instagram.com/sakyejul

ISBN 978-89-5828-724-7 03810